Onze voyages et combats d'Albert

Daniel Maury

Onze voyages et combats d'Albert

Récits

© 2022, Daniel Maury
Édition : BoD – Books on Demand, info@bod.fr
Impression : BoD – Books on Demand,
In de Tarpen 42, Norderstedt (Allemagne)
Impression à la demande
ISBN : 978-2-3224-6914-7
Dépôt légal : Mai 2023

Prologue

Albert est né juste au début de la guerre mondiale, la seconde… Tout petit, il est tombé dans la lutte des classes.

« Tout le monde n'a pas eu la chance d'avoir des parents communistes. » C'est le titre du film de Zilberman qui l'a bien fait rire.

Parce que lui, oui, il l'avait eu cette chance-là. Ses parents, des ouvriers de Villeurbanne militaient depuis toujours.

Et en plus son père avait été résistant, donc le déterminisme social, il connaît. Toute sa vie s'en est ressentie.

J'ai rencontré Albert en l'an 2000 et nous sommes devenus très amis. Il m'a raconté ses histoires par étapes, doucement, en nous accompagnant d'un délicat bourgogne.

Ses histoires ne sont pas toujours militantes et même quelquefois paraissent compliquées. Je l'ai accouché de 11 récits de courtes ou plus longues aventures, toutes du siècle dernier, et décidé de les écrire, d'en faire un recueil.

Avec son accord. La « gloriole » n'est pas son genre, comme il dit, et il m'a demandé de ne pas dévoiler son nom, juste son prénom. Récit des luttes et des voyages d'un homme d'hier, Albert, encore vivant aujourd'hui.

Ceci écrit avec l'envie de transmettre les idées de solidarité collective de cet homme vieillissant. Seuls nos actes seront témoins de ce que nous avons fait de nos vies. Lorsque l'on ne peut plus voyager, combattre, ou même marcher, alors, il faut écrire

Sommaire

1   1956   tabassages rue de la " Ré"

2   1958   Yves Montand aux Célestins

3   1961   d'un putsch à l'autre

4   1963   en prison pour travailler

5   1968   victoire syndicale, défaite politique

6   1978   San Francisco, d'autres horizons.

7   1979   Algérie, un pari pédagogique.

8   1987   une brigade au Nicaragua

9   1988   aventures caribeo-pédagogique

10   1996-2022 Cuba solidarité et amour

11   1967-1999   Luttes syndicales

SAISON 1

1956, Tabassage rue de la " Ré " à Lyon
Ou comment on devient révolté …

Les jeunes lyonnais d'alors, ne disaient pas, rue de la République, on disait qu'on allait « faire la rue de la Ré ». Lieu de rencontres très attractif pour ces jeunes gens des années soixante.

Mais ce soir-là, ce ne furent pas de bonnes rencontres.

En novembre 1956, Albert venait d'avoir 17 ans, jeune homme fils d'ouvriers, en lycée technique, il participait à Lyon à une manifestation du parti communiste, qui avait été interdite.

Il n'était pas membre du parti communiste, mais si on touchait à celui-ci, on touchait à son père et à sa mère, ouvriers militants modestes et irréprochables…qu'il aimait et admirait. Ils avaient participé à tous les combats de la classe ouvrière, y compris comme résistants durant l'occupation allemande.

L'objet de cette manifestation était de protester contre les exactions dont étaient victimes alors les permanences communistes, les attaques contre ses militants, les violences diverses et variées dont l'incendie de l'immeuble de l'Humanité à Paris, à l'occasion des événements de Budapest, où l'Union soviétique était intervenue, de manière injuste et sanglante.

L'extrême droite pétainiste ressuscitée 11 ans après la Libération, la droite revancharde, mais aussi des socialistes pro Algérie Française, en profitaient pour régler leurs comptes dans la violence, avec le Parti Communiste Français, accusé de complicité avec la répression en Hongrie, aidés par des bandes de nervis violents, où apparaissaient déjà des ex-paras de la guerre d'Indochine et les nouveaux de la guerre d'Algérie, qui avait débuté 2 ans plutôt.

Les manifestants à l'appel du PCF, tentaient donc de défiler, place de la République au centre de Lyon en scandant « le fascisme ne passera pas », bien seuls, bien isolés, dans une atmosphère de chasse à l'homme. Ils n'étaient pas nombreux dans le maquis, comme chantera Kent, 35 ans plus tard. Peut- être 300 à 400 personnes.

Protestant contre deux CRS qui s'acharnaient à coup de matraque sur un homme à terre qu'il jugeait âgé (peut-être 50 ans!) en les traitant de salauds, Albert se fit lui-même matraqué, puis arrêté par deux crs qui le tenaient en lui immobilisant les bras, tandis qu'un commissaire en civil et imperméable, lui donnait des coups de poings dans le ventre.

Un photographe du Progrès, journal local, lui a tiré le portrait au magnésium, « c'est un coco celui-là? » disait-il, en interrogeant les flics.

Un adolescent de 17 ans, 1,64 m, 60 kg: il y avait en effet de quoi s'interroger sur la dangerosité de cet individu.

Ils le relâchèrent, et il se mit immédiatement à vomir, c'est un homme d'une trentaine d'années, un « coco » pur jus, qui l'a ramené à la porte de chez lui……à Villeurbanne, en lui expliquant les tours et contours de la lutte de classe…

Voilà c'était sa première manifestation…

Il n'en a jamais rien dit à ses parents pour ne pas les inquiéter ; mais Il n'est pas impossible que cette violence subie à l'adolescence par les représentants *d'un certain ordre, ait fait de lui, à jamais, un révolté, et peut être même un révolutionnaire.*

Par la suite, il se souviendra de cette manifestation comme d'un premier geste de révolte collective.

Plus tard, la répression en Hongrie lui apparut comme contraire à ses valeurs. Mais il manifestait alors surtout pour soutenir les idées de ses parents, pour protéger leur identité.

Les manifestations en faveur de la Hongrie
Nouveaux incidents à Lyon

Plusieurs blessés. — Le siège d'une section communiste est mis à sac

Hier encore, en dépit de l'interdiction préfectorale, des groupes de jeunes gens se sont rassemblés place Bellecour et place des Jacobins. Ils ont parcouru les artères du centre aux cris de « Libérez la Hongrie ». Cette manifestation, qui ne semble pas la veille, a donné lieu à de nouvelles escarmouches au cours desquelles plusieurs personnes ont été plus ou moins blessées, aucune n'étant très gravement atteinte.

Les manifestants se heurtèrent en effet à un petit groupe, moins important, de contre-manifestants communistes défilant rue de la République en scandant le slogan « La paix ne passera pas ».

Les uns et les autres furent cependant vigoureusement repoussés, à l'entrée de la rue de la Charité, par des barrages de police qui interdisaient l'approche des locaux du journal communiste « La République ».

Les deux cortèges s'allaient pas autant, se dissoudre et, évoluant par les différents barrages de police, ils se heurtèrent à nouveau.

À plusieurs reprises, il y eut des échanges violents, notamment place Carnot, où un groupe de manifestants communistes, tentant d'atteindre le centre, fut dispersé.

Dans le quartier de la Guillotière, le siège d'une organisation d'extrême-gauche fut mis à sac.

Débouchant la police, au groupe d'étudiants parvenait à atteindre le deuxième étage de l'immeuble, place des Jacobins, se trouve le siège de la Fédération du Rhône du parti communiste. Ils ne purent toutefois réussir à pénétrer dans les locaux avant l'arrivée des C.R.S. chargés de la protection de l'immeuble.

Au cours des premières échauffourées, trois manifestants avaient été blessés et admis à l'Hôtel-Dieu.

Ce n'est que vers 23 heures que prit fin la manifestation, après plusieurs charges du service d'ordre, qui réussit à éloigner, des abords de la place Bellecour, manifestants et contre-manifestants.

Mais, durant près de cinq heures, une vive effervescence avait régné dans le centre de la ville.

Un bilan qui ne sera sa...
BLAISE BARB...
vingt-cin...

...mais la police a... considérable d'ob...

BIEN que le « fou des vergnes »... balles de revolver dans le cœur arrêté, « l'affaire Barbery » n'est... pour les policiers, de tenter d'éta... vité du « cambrioleur à la chignole » au fait de la disparition de Bla... chance de ne jamais être totalement...

Jusqu'à ce jour le commissaire Juillard, les officiers de police Ce... ton et Million, de la Police judiciaire, en collaboration avec l'inspecteur Georges Pétrod, de la Sûreté urbaine, ont pu établir une première liste des méfaits formellement imputables au malfaiteur, soit vingt-cinq vols qualifiés ou tentatives de vols qualifiés commis à Lyon.

Quinze de ces cambriolages ont été reconnus grâce aux marchandises retrouvées au domicile de Barbery, dix ont été établis, soit par les empreintes relevées chez les victimes, soit par l'analogie de la méthode, en particulier l'utilisation de la trop fameuse chignole.

Au bilan de l'activité lyonnaise de Barbery qui n'est que provisoire, il convient d'ajouter l'attaque à main armée contre la ferme Rose, à Saint-Jorioz, et le cambriolage de la bijouterie Guichard, à Annecy.

Provisoire, ce bilan l'est certainement, car il a été récupéré, à l'... ou à l'autre des domiciles de Ba... bery, une quantité importante... marchandises et d'objets que les propriétaires n'ont pas encore identifiés.

C'est d'ailleurs pour permettre... nombreuses victimes inconnues... Blaise Barbery de se faire conna... que nous publions ci-dessous... la liste des objets actuellement... tre les mains des policiers.

Les cambriolages conn...

Vols avec effraction. — Nu... 7 au 8 novembre 1955, au pr... de M. Jacquin, radio-électrici... cours Vitton. Nuit du 14 a...

...affaire du carambouillage
...entre d'achat des adultes du bâtiment
...oliciers ont-ils identifié celui qui fut l'âme de l'escroquerie

...ns relaté récemment, les... conditions arrêté un... d'envergure, Paul... eur (?) du Centre...

participation à l'affaire. Présenté dans l'après-midi à M. Robin, juge d'instruction, Jean S... qui est dit-on, un grand malade...

SAISON 2

Yves Montand aux Célestins, à Lyon.

En septembre 1958, un autre événement marqua la fin de l'adolescence d'Albert.

Il faut ici rappeler qu'en mai 1958, un coup d'état militaire frappa la République Il est de bon ton de l'oublier aujourd'hui pour ne pas ternir l'image du gaullisme, mais il y a bien eu un coup d'état militaire le 13 mai 1958.

La guerre d'Algérie, cette « sale guerre » qui ne disait pas son nom, pourrissait tout et durait depuis 3 ans et demi déjà. Des contacts secrets avaient eu lieu entre les rebelles algériens et des émissaires du gouvernement français.

Opposés à toutes négociations, les généraux français, politisés, qui avaient subi l'humiliation de Dien Bien Phu, 4 ans plus tôt, s'emparèrent de tous les pouvoirs civils et militaires en Algérie le 13 mai 1958, se proclamèrent comité de salut public, dans la foulée, envoyèrent des unités parachutistes envahir la Corse, qui bascula également du côté des putschistes, et firent parvenir un ultimatum au gouvernement français légal, exigeant la mise en place d'un gouvernement de Salut public, prêt à la guerre totale en Algérie, y compris exterminatrice. Le chef auto proclamé de cette rébellion militaire, qui sous certains aspects ressemblait à celle de Franco en Espagne, était Massu, le « vainqueur » de la « bataille d'Alger », pendant laquelle, aux côtés de milliers d'Algériens torturés et assassinés, mourut également Maurice Audin, chercheur mathématicien, communiste d'Algérie, assassiné par des militaires français. Le président Macron le reconnaitra, 65 ans plus tard ….

Albert était sensible à tout cela, car dans sa famille, on était très politisés et les discussions étaient passionnées.

De Gaulle, informé des manœuvres anti-républicaines des militaires, avait des liaisons avec ceux-ci, et avec les milieux de droite et d'extrême droite, particulièrement actifs, joua habilement le « sauveur suprême ». Seule la lâcheté des politiciens français serviles, à l'exception du PCF, de Mitterrand et de Mendès, (ce fût leur honneur) porta De Gaulle au pouvoir.

Et son avènement est bien né d'un coup d'état militaire, certes sans guerre civile, mais par abandon **avant** *le premier round de l'immense majorité des élus.*

Car la question est : que ce serait-il passé si les députés avaient résisté et refusé de se plier au diktat miliaire ?

Déjà la résistance s'organisait, le parti communiste, la Cgt et d'autres forces avaient appelé à manifester contre le pronunciamiento, défilé en nombre, derrière « le fascisme ne passera pas », et dans ses mémoires De Gaulle dit qu'il pensait alors avoir perdu la bataille politique.

La veulerie de ceux qui se réclamaient alors de la SFIO et du radical-socialisme, permit au Général de forcer la main du parlement. Ceci amena la 5e République, dont nous subissons encore aujourd'hui les effets institutionnels et sociaux.

Ces événements renforcèrent les tenants de la guerre à outrance en Algérie, ce qui rendit ensuite impossible une paix salvatrice et réconciliatrice. Les pensées anti-immigration d'aujourd'hui, sont, en partie, l'héritage, même en 2020, de cette guerre.

Quant à la bande de copains du lycée de la Martinière à LYON et du quartier à Villeurbanne, dont Albert faisait partie, ils étaient tous fils de famille ouvrière ou paysanne, et prêts à en découdre, car ils s'étaient déjà affrontés plusieurs fois avec les bandes de nervis d'extrême droite qui sévissaient déjà à Lyon, notamment à la Croix rousse.

Ils avaient à peine 19 ans, et ce qui se profilait à l'horizon, pour eux, c'était la guerre en Algérie. Parlez d'une perspective! Surtout avec leur état d'esprit d'anarchistes, communards, antimilitaristes….

Tout au long du mois dramatique de mai 1958, ils avaient vécu dans l'angoisse et la révolte, et chaque jour apportait son lot de nouvelles politiques incendiaires.

C'était leur dernière année d'études à la Martinière à Lyon, les cours furent très perturbés et le dernier trimestre inexistant.

De Gaulle organisa rapidement un référendum créant la 5e République, et la date en fut fixée au 28 septembre 1958. Là encore, ils n'étaient pas nombreux dans le maquis à défendre le NON.

La France était menacée d'une forme de fascisme insidieux, où l'extrême droite et les gaullistes emportaient tout, des services « d'action civique » se mettaient en place, de véritables milices tournaient autour, et la radio et la télé aux ordres faisaient le reste.

Leurs parents étaient inquiets, ils leur disaient de moins s'exposer, que des listes de suspects d'antigaullisme allaient être dressées, ils craignaient de retrouver l'atmosphère de 1940, lors de l'arrivée de Pétain…

Donc, cette bande de jeunes se battait un peu seuls contre tous, mais, cependant, des femmes et des hommes, plutôt célèbres disaient publiquement et courageusement leur désaccord avec le raz de marée du pouvoir personnel, et Yves Montand, fut de ceux-là. C'était alors un chanteur extrêmement populaire. Il afficha sans ambiguïté son NON au référendum pour la 5e République. Et c'est ainsi que le 26 septembre, il devait chanter au théâtre des Célestins.

Le soir de la représentation, les nervis de droite, les ultras, certains habillés en para, se massèrent sur les escaliers du théâtre, tentant d'empêcher les spectateurs d'entrer, le PCF et d'autres organisations avaient appelé à contre-manifester.

Des jeunes gens avec Albert, étaient plusieurs centaines en haut des marches et devant l'entrée du théâtre, bien décidés à ce que la soirée se déroule et que Y. Montant puisse chanter.

L'affrontement eut lieu, des coups furent échangés,

Des mouvements de foule durèrent un long moment.

Puis Y. Montand apparut à la porte du théâtre des Célestins, avec Simone Signoret, prit rapidement la parole, et entra au théâtre pour chanter.

Les flics présents ne bougeaient pas, se contentant de regarder les manifestants, et finalement, devant le nombre grandissant de défenseurs du théâtre, les nervis partirent, non sans hurler des obscénités et des appels au meurtre…La représentation pu se tenir. Le 28 septembre, au référendum, le oui l'emporta avec 80 % des voix.

15 mois plus tard, Albert partit en Algérie pour deux ans.

THÉÂTRE DES CÉLESTINS

SAISON 1958-1959

Directeur

CHARLES GANTILLON
(18ᵉ année)

Du 26 au 28 septembre

JACQUES CANETTI et PIERRE-LOUIS GUÉRIN

présentent

pour sa

Rentrée

YVES MONTAND

accompagné par...

BOB CASTELLA
et son ensemble

EMMANUEL SOUDIEUX	FREDDY BALTA	DIDI DUPRAT
à la contrebasse	*à l'accordéon*	*à la guitare*

et

ROGER PARABOSCHI	HUBERT ROSTAING	CLAUDE GOUSSET
à la batterie	*à la clarinette*	*au trombone*

Première partie
ORCHESTRE

PAROLES	MUSIQUE	
Francis Lemarque	Francis Lemarque	VIVRE COMME ÇA
Francis Lemarque	Bob Castella	SOLEIL D'ACIER
René Rouzaud	Bob Castella	LA PETE À LOULOU
Francis Lemarque	Francis Lemarque	CHAQUE JOUR (LES PETITS RIENS)
René Laparry	Philippe Gérard	LE CHAT DE LA VOISINE
Eddy Marnay	Paul Secca	PLANTER CAFÉ
Jean Guigo	Loulou Gasté	LUNA-PARK
Henri Contet	Marcilli	LE CAROSSE
Jacques Marsaul	Georges Liferman	SIR GODFREY
Francis Lemarque	Francis Lemarque	RENDEZ-VOUS DE PANAME
Jacques Brel	Jacques Brel	VOIR
Jacques Marsaul	Georges Liferman	UN GARÇON DANSAIT

---- ENTRACTE ----

Deuxième partie
ORCHESTRE

PAROLES	MUSIQUE	
Francis Lemarque	Bob Castella	LES AMIS
Édith Piaf	Henri Betti	MAIS QU'EST-CE QUE J'AI
Francis Lemarque	Francis Lemarque	L'ASSASSIN DU DIMANCHE
Roger Varnay	Van Heusen	MARIE VISON
Jacques Plante	Henri Crolla	SIMPLE COMME BONJOUR
Jacques Marsaul	Georges Liferman	LE CHEF D'ORCHESTRE EST AMOUREUX
Jean Guigo	Loulou Gasté	BATTLING-JOE
Francis Lemarque	Francis Lemarque	A PARIS
Jacques Plante	Norbert Glanzberg	LES GRANDS BOULEVARDS
Henri Piaf	Édouard Cockler	IL FAIT DES... (LE FANATIQUE DU JAZZ)

Modifications au programme réservées.

La tournée de M. Yves MONTAND est organisée par
RADIO-PROGRAMMES S.A., 51, avenue Franklin-Roosevelt - PARIS

SAISON 3

D''un putsch à l'autre

Le 21 avril 1961, Albert avait 21 ans, il y avait 14 mois qu'il était en Algérie, pour le compte de l'armée française mais sans son propre consentement…et qui ne dit mot ne consent pas.

Entre septembre 1958, date du référendum pour la 5e république (voir chapitre précédent) et octobre 1959, date de son départ à l'armée, Albert avait milité à sa façon, prenant part à toutes les manifestations à Lyon contre la guerre en Algérie, notamment.

Et il y en eut de nombreuses, souvent durement réprimées, à l'appel des organisations de gauche, courageuses : des communistes, des démocrates sincères, des chrétiens, des artistes et intellectuels et des syndicalistes.

« La question », le livre d'Henri Alleg, interdit, avait été largement diffusé sous le manteau. La censure régnait assez brutalement parfois sur la presse, et le régime gaulliste était particulièrement violent en matière de censure.

Albert était caporal depuis peu, basé à Philippeville, dans la 5ᵉ compagnie du 3ᵉ bataillon de zouaves, qui était chargé de la protection des trains et des voies ferrées sur la ligne Philippeville/Touggourt.

Dans la journée il travaillait dans les bureaux, avec Pedro, séminariste, sursitaire, arrivé depuis peu, tous les deux hommes de troupe du contingent, sous la hiérarchie d'un sergent major et d'un sergent-chef, engagés, ayant fait l'Indochine, et qui « glandaient » royalement, car c'était Pedro et Albert qui se coltinaient tout le boulot d'administration de la compagnie.

Le bureau du Capitaine F, jouxtait le leur, qui leur servait aussi de chambrée, et chaque soir ils s'endormaient avec la courroie de leur Pistolet Mitrailleur enroulée au châlit! Ambiance.

F. était un capitaine d'active, issu de la troupe, qui avait fait toutes les campagnes, et son grade de « pitaine » était son bâton de « maréchal », il était assez usé, malgré ses seulement 50 ans, et sans doute sous l'emprise de la maladie des colonies. Il était trouillard, et ils l'avaient vu à plat ventre devant le colonel D, chef du 3ᵉ

Bataillon, basé à Constantine en visite à Philippeville, à la 5ᵉ compagnie.

Un soir sur deux, Albert était chef de poste à la garde de la compagnie, avec 10 hommes au poste, qui était une tente avec des châlits, et deux hommes en garde : un en haut du mirador à 30 mètres, un en bas, à la ronde.

Qu'est-ce qu'il avait pu avoir la trouille, après minuit, lorsque tout le monde dormait…et cela pendant deux ans!

Quelques semaines avant le 20 avril 1961, était arrivé à la compagnie un lieutenant d'active, A, 25 ans, encore frais émoulu de l'Ecole des officiers et qui trouvait que la compagnie s'endormait beaucoup : il se mit à rassembler les gars tous les matins pour aller faire du footing et de l'exercice, comme s'il n'y avait pas la guerre, et comme s'ils étaient encore des bleus, alors que certains étaient déjà là depuis presque deux ans.

Il réorganisa aussi les tours de garde, les marches de reconnaissance de jour et de nuit, bref il fit l'officier pur et dur.

Cet homme jeune avait vite compris que F. le chef d'unité, n'était qu'un pantin peureux et avait pris un complet ascendant sur lui, d'autant que F. venait de la troupe et que lui venait directement du corps des officiers.

Il avait des idées bien arrêtées sur ce qu'il croyait nécessaire et comment traiter la troupe, un exemple quasi caricatural de ces officiers plein de morgue qui avaient fait tant de mal depuis des générations.

Mais l'histoire de la guerre d'Algérie allait en décider autrement,

 et les soldats du contingent qui étaient là avec Albert allaient bientôt le remettre à sa place.

Arriva le 21 avril :

« Un quarteron de généraux en retraite…partisans et fanatiques…j'ordonne de barrer la route à ces hommes, et j'interdis à tout soldat d'obéir à aucun de leurs ordres »

Dira De Gaulle.

Et cela n'était pas tombé dans l'oreille de sourds… Le premier jour du putsch donc, le 21 avril 1961, chaque officier et sous-officier d'active se posait la question de savoir s'il participait ou non au putsch et dans notre

Compagnie, ils votèrent, au mess, le ralliement au putsch, sous l'entraînement d'A.: le capitaine fut mis en minorité et sommé d'envoyer un message de ralliement de l'unité aux dirigeants du putsch, à Alger.

F. se tourna alors vers Albert et Pedro, hommes de troupe qu'il connaissait un peu mieux, pour leur demander de venir à son secours et leur confia littéralement tout pouvoir. Il avait eu le bon réflexe.

Albert et Pedro lui assurèrent leur attachement à la République et se mirent mis au boulot, malgré les menaces des gradés d'active qui tentèrent de leur empêcher tout mouvement et leur interdire d'écouter la radio de métropole. Ils menacèrent de les emprisonner : mais il n'y avait personne pour le faire, et les gradés d'active étaient totalement minoritaires, car aucun homme de troupe du contingent ne les suivit, aucun.

Albert et Pedro réunirent tous les copains du contingent, (une cinquantaine d'hommes), sous le grand hall de l'unité, le 22 avril, pour expliquer la situation et organiser la résistance : tracts, contacts avec les autres régiments refusant le putsch, envois de messages en métropole pour signaler leur fidélité et leur refus d'obéir aux putschistes, diffusion en haut-parleur de la radio de métropole etc.

De Gaulle leur avait demandé de désobéir au quarteron de généraux félons, autant vous dire que tous les appelés s'en sont payé une tranche. Ils finirent quatre jours plus tard, en chantant l'internationale…c'était assez irréel de désobéir, mais ça les changeait vraiment de ce qu'ils avaient vécu depuis 18 mois…Une grande bouffée d'air.

Au bout de quatre jours, sentant le vent tourner et devant l'unité de la troupe contre eux, les factieux abandonnèrent le combat.

Au cinquième jour, les appelés triomphèrent sur toute la ligne, et enfermèrent avec une grande satisfaction les 3 gradés les plus virulents pour les remettre au capitaine.

A. fut pris en charge puis emprisonné par les autorités militaires. Il écopa seulement de 3 mois d'arrêts de rigueur. Il ne revint jamais à l'unité. Deux sous-officiers furent très légèrement punis, mais ils fichèrent ensuite une paix royale à Albert et Pedro.

Ils étaient quasiment les patrons de l'unité.

Albert se demande encore aujourd'hui ce qui se serait passé si le putsch avait réussi…

Les 10 mois qui restaient avant le départ d'Albert furent encore plus longs, des jours inutiles, des nuits de beuverie, de garde éreintante, même s'ils savaient que tout allait changer.

Puis il y eut les nuits bleues : chaque nuit l'OAS (organisation armée secrète : militaires et civils fascistes français clandestins, terroristes) faisait éclater des bombes au plastic à Philippeville, où tous les magasins, absolument tous les magasins des musulmans furent systématiquement détruits.

Albert repartit en France fin février 1962, un mois avant le cessez- le- feu.

Le rôle des transistors

« Ce qui pouvait apparaître comme exagéré est une réalité: le ministre Robert Buron parla effectivement de "la victoire des transistors". Le Monde développe l'idée dans un article intitulé *Le quarteron et les transistors* : "Un certain nombre d'unités restaient loyalistes (mais) le putsch avait bel et bien réussi en Algérie. Du moins, jusqu'au moment où de Gaulle rentra en scène. Le mot s'impose, quand on pense à ce discours télévisé du 23 avril : on vit l'artiste au sommet de son talent. (...) L'effet produit fut magistral. Cependant, les mots les plus meurtriers ne tuent pas une mouche s'ils ne sont pas entendus. Or, depuis le début de la guerre d'Algérie, une nouveauté s'était produite dans la sphère des communications : l'invention des transistors et la commercialisation des postes de radio portatifs. Tous les bidasses avaient entendu le discours si bien trempé. Pour le "quarteron de généraux en retraite", l'enjeu devenait de taille : il lui fallait garder l'appui des régiments. Aussi, sans tarder, les insurgés multiplièrent les cajoleries au contingent: on laisse partir les libérables, on parle d'une réduction du temps de service... Peine perdue: la voix de la France s'était fait entendre. Presque partout, les soldats et officiers du contingent refusent d'obtempérer aux ordres des insurgés".

L'attitude de l'OAS vis-à-vis du contingent

Directive secrète des responsables de l'OAS datant de mai/juin 1962: « L'expérience d'avril dernier nous a montré que le contingent noyauté par des éléments

Communistes, mendésistes, et gaullistes pouvait constituer un obstacle important à l'action de notre mouvement. Depuis avril, les relations loin de s'améliorer entre l'OAS et le contingent, se sont encore tendues. Les responsabilités, en incombent aux meneurs, qui, partout dans l'armée, forment des soviets, souvent à l'insu de leurs chefs. Il convient donc, le jour J de neutraliser le contingent. Nous devrons donc : 1°) désarmer les hommes du contingent et les faire prisonniers dans leur cantonnement 2°) appeler parmi eux les volontaires qui désirent servir dans nos rangs et les incorporer dans nos unités 3°) *conserver les autres comme otages* dans le but de faire pression sur le pouvoir gaulliste ; ce sera notre meilleure carte pour exiger la reconnaissance de la république Algérie française et l'envoi de fonds d'armes et de vivres dont nous avons besoin ; Exécution pratique :

L'exécution de ces mesures est confiée aux Unités Territoriales que nous avons reconstituées partout. Il est nécessaire que la facteur « surprise » joue à fond partout où ce sera possible: il est souhaitable que les UT soient encadrées par un officier sûr appartenant au cantonnement que l'on veut investir.

Les UT introduites dans les casernements doivent immédiatement désarmer la garde et neutraliser l'unité. Nous insistons sur le fait que ces préparatifs doivent se faire dans le plus grand secret avec le maximum de soins. »

Avec le recul, ce texte fait froid dans le dos. Les petits gars du contingent ne l'ont pas ou très peu connu.

SAISON 4

En prison pour travailler

En 1963, 18 mois après son retour d'Algérie, Albert qui avait rempli plusieurs emplois , de comptable, de commercial et autre, passa un concours qui lui permit de rentrer à l'école d'éducateurs du ministère de la Justice, formation sur deux ans, très spécialisée, intégrant des cours théoriques et des stages pratiques.

Cette école se trouvait à Savigny-sur-Orge, en banlieue parisienne. En septembre 1963, il entra donc pour une formation de deux années.

Les gens qui étaient là avec lui (une centaine dans la promotion) venaient de tous les horizons.

Il n'était pas parmi les plus jeunes élèves, et ses 28 mois de service militaire, et les deux ans en Algérie, l'avait habitué à la vie communautaire ; peut-être même y avait-il un certain respect de la part de ses plus jeunes *collègues, âgés tout juste de 20 ans. A 24 ans, il était déjà un ancien….*

Tous les cours de psychologie de l'enfant, de l'adulte, les cours de droit pénal, les cours de neurologie et de biologie, de pédagogie de l'adolescence, le passionnaient.

Il était attentif et il rencontra là aussi de bons copains, souvent d'origine ouvrière.

Ils avaient eu droit à une conférence de Jean Rostand: une véritable merveille.

En juin la formation se termina par deux stages de chacun une semaine (cinéma et kayak !) et après une année scolaire très riche et formatrice, il retourna à Lyon.

Ce fut l'année de la grande grève des mineurs, ceux qui avaient fait plier le pouvoir gaulliste.

Il comprit que la lutte syndicale était bien différente de la lutte politique, plus quotidienne, plus tenace, plus proche des gens : dans le concret et pas dans les utopies.

A la rentrée d'octobre 1964, Il suivi les stages d'application qui devaient parachever la formation pendant un an: au Centre d'observation pour mineurs de Collonges au Mt d'or et, pendant six mois…. À la prison st Paul à Lyon!

A la prison, où il franchissait quatorze portes pour atteindre le quartier des mineurs, Albert était bien accueilli par ces jeunes de 13 à 18 ans, dont les délits allaient du vol de mobylette (nombreux), au viol collectif (rare).

Avec l'instituteur qui leur faisait classe le matin, il s'entendait bien. Ils partageaient les mêmes idées sur la réinsertion de ces gamins, et la cruauté du séjour en prison : la plupart d'entre eux n'était pas dangereux et relevait plus de l'éducation que de la répression.

Avec les gardiens, la relation était plus difficile et même quelquefois franchement hostile, quelques-uns d'entre eux ne comprenaient pas leur activité auprès des jeunes, et même tentaient de la contrarier.

Il allait régulièrement au Palais de Justice rendre compte de son activité au juge des enfants et à son conseiller, son chef de service, LT, homme très expérimenté en matière de délinquance juvénile et porteur de valeurs.

Il complétait la formation sur le terrain, par des analyses sur le système judiciaire français, les bases du droit pénal, et sa nécessaire évolution.

C'est là qu'Albert avait pu entendre de la bouche d'un célèbre juriste très « anti » dire « que messieurs les assassins commencent » à propos de l'abolition de la peine de mort.

Mais 17 ans plus tard, l'abolition serait votée.

Albert travaillait également au suivi en milieu ouvert, ce qui signifiait qu'il devait aider des gamins qui avaient fait des bêtises, mais qui restaient dans leur milieu familial, ou dans un foyer de travailleurs.

C'est à cette occasion qu'il connut une aventure qui le marqua. Un jeune gars, 17 ans, était mêlé à une histoire de viol collectif, dans son quartier,

le 7e arrondissement de Lyon, qui était un peu « chaud » à cette époque. Il eut plusieurs entretiens avec lui. Il était très loin d'être bête, avait une certaine culture semblait - t-il, mais très taciturne, renfermé, ayant du mal à parler de ses parents.

Le juge pour enfants attendait un rapport qui lui permettrait de savoir quelle suite donner à son délit.

Ce n'était pas à Albert de prendre en charge la partie psychologique de l'affaire, il y avait des experts pour cela, Il devait donner un avis sur l'atmosphère familiale, les relations parents/enfant, la fratrie, suivi scolaire (apprentissage dans ce cas) et situation matérielle.

Albert pris rendez-vous avec les parents du jeune SP et fut reçu chez eux, hors présence de leur fils.

Il sentit tout de suite une ambiance et une atmosphère qui lui étaient familières: jetant un coup d'œil, il vit plusieurs exemplaires de l'Huma, des paquets de tracts, du matériel syndical etc.

Il avait en face de lui deux militants communistes, et le père était même secrétaire de cellule, comme il l'apprit par la suite.

Des gens particulièrement droits, carrés même, mais qui voyaient en lui le représentant de la Justice, donc de la police, des juges, du gouvernement etc.

Il y avait de la méfiance dans leur réponse. Ils étaient désorientés par ce qui arrivait à leur fils, n'y croyaient pas, pensaient qu'il avait été entraîné, et n'étaient pas loin d'exprimer le fait que ce n''était pas un hasard si « on » essayait de l'impliquer, parce qu'ils étaient des militants repérés par les flics du quartier…

Albert ne pouvait rien dire de son propre engagement, et il fit un rapport indiquant que la famille ne posait aucun problème, qu'on pouvait laisser le garçon partager sa vie familiale, sans risque.

Il n'y eu pas de procès, ni de jugement sur « l'affaire » qui n'en était finalement pas une pour le jeune SP, au moins. Le juge des enfants maintint le placement dans la famille, avec un suivi par un éducateur.

Albert apprit beaucoup plus tard, que le jeune SP était devenu un ouvrier très qualifié, en chaudronnerie et qu'il militait…. Une histoire édifiante.

Bien que le pays soit toujours sous la loi gaulliste, la fin de la guerre d'Algérie avait rendu plus libre l'expression sociale.

En dehors des défenses statutaires, Albert et ses collègues se battaient pour la reconnaissance de l'intérêt de leur travail pédagogique dans le paysage pénitentiaire, alors uniquement répressif. Il faudra attendre encore longtemps pour qu'un changement s'opère, après 1968.

Albert attendait une affectation définitive à Lyon mais le verdict tomba : il était nommé en région parisienne, en service extérieur à Montrouge. C'était la catastrophe ! pas question que lui et son épouse aillent vivre à Paris.

Dans un premier temps, il partit rejoindre son poste à Montrouge, avec l'espoir de rapidement obtenir mutation.

Il tint deux mois, et finalement il se résolut à ne pas prendre son poste et à trouver un autre emploi : en février 1966, après de multiples démarches, sans succès, il décida de ne pas retourner à Paris, d'abord en arrêt de travail à la suite d'un accident de voiture, puis sans justification.

Il écrivit au Ministère qu'il refusait définitivement de rejoindre ce poste, et la sanction tomba : rayé des cadres de l'administration pour « abandon de poste » et condamné à rembourser les frais d'études, car le contrat prévoyait qu'il devait 5 ans de travail à l'administration. Et interdiction pour toujours d'accéder à la fonction publique. Il ne serait donc jamais fonctionnaire...

Voilà comment se termina sa courte carrière de deux ans à l'éducation surveillée, ministère de la Justice.

« Banni de la fonction publique! » Pour insoumission ! Textuel!

A 25 ans, il commençait plutôt mal sa carrière professionnelle… Mais on doit à la vérité de dire, qu'il s'en foutait royalement :

Il avait le sentiment d'avoir payé d'avance, avec ses deux années en Algérie. Il ne remboursa jamais.

Prison St Paul, à Lyon

SAISON 5

Mai 1968: victoire syndicale, défaite politique

Après son expérience et son « vidage » du ministère de la Justice, Albert avait été recruté comme responsable de comptabilité dans une pme lyonnaise en 1965.

En septembre 1967, l'AFPA (association pour la formation professionnelle des adultes) lui proposa, après des tests professionnels, un poste de professeur au centre de formation de St Priest. Il perdait une partie de salaire, par rapport à son emploi de responsable de comptabilité, mais le service public et la pédagogie l'attiraient. Il quitta donc cet emploi où il s'ennuyait un peu, sans regret.

Ses copains de promotion de la Martinière eurent eux des carrières de direction dans la gestion des entreprises, bien plus rémunératrices...

C'était un choix...et Albert ne le regretta jamais.

Après 6 semaines à Paris pour une formation pédagogique très serrée, très enrichissante, où il noua des liens fraternels avec son responsable de stage, il devint professeur au centre de St Priest, tout frais émoulu, et heureux de pouvoir aider des stagiaires adultes (de 20 à 50 ans), qui ne demandaient eux-mêmes qu'à se former.

Il aima tout de suite ce métier, et les possibilités qu'il y avait de vérifier de manière assez précise les résultats des actions pédagogiques engagées. Il se plongea à fond dans les préparations de leçon, et leur mise en application.

Albert adhéra spontanément au syndicat CGT du centre, à la grande surprise des camarades moniteurs ouvriers du bâtiment, qui ne s'attendaient pas du tout à ce qu'une « blouse blanche » vienne renforcer leurs effectifs. Ils eurent vite fait de se mettre au diapason, y compris en partageant le « rouge » des soirs de réunions de section, Il acquit leur confiance : il était évident qu'il n'était pas un ennemi de classe, (les camarades avaient vécu des expériences sur ce point). Beaucoup étaient issus des origines de la formation professionnelle, au moment de la création des centres de formation accélérée, ouverts dans les années 1947, 1948 à l'initiative du ministère de la reconstruction après la guerre, et ces moniteurs étaient des professionnels qualifiés pour former rapidement des bons ouvriers. Ils avaient la rudesse des gens de chantier, mais le cœur sur la main et la fibre syndicale. C'étaient des « anciens » maintenant, avec 20 ans d'expérience pour certains.

Bien entendu, les copains lui demandèrent rapidement de prendre des responsabilités, et Il se retrouva un peu surpris, responsable syndical CGT du centre et délégué élu du personnel, tout en assurant du mieux que possible son boulot de formateur.

Un nouveau directeur avait été nommé, remplaçant l'ancien, C, très politisé, nommé en 1948, ancien des brigades internationales (il avait perdu un bras en Espagne).

La direction de l'Afpa le considérait comme dépassé et il partit en retraite anticipée … Le nouveau était un de ces modèles d'arrivistes qui firent par la suite le malheur du service public de Formation Professionnelle.

Albert évoluait comme chez lui dans ce nouveau milieu qui lui allait comme un gant : action pédagogique, action sociale, service public, militantisme de base.

Arriva donc mai 1968: et il est vrai de dire, qu'après, rien ne fut pareil.

On sait à peu près tout aujourd'hui de ce mouvement, et il n'est pas question de développer sur ses fondements et son impact, d'autres l'ont fait, mille fois. Comme beaucoup, les gens du centre avançaient vers l'inconnu, dans un mouvement qui pour certains, n'était pas sans rappeler ce que leurs parents leur avaient raconté de 1936.

Bien sûr, Albert participa aux manifs à Lyon, à la défense d'un mouvement unitaire, etc., mais toujours comme responsable syndical, et non comme politique.

Il a vécu mai 1968, non comme un grand défouloir, mais comme une prise de responsabilité dans la conduite d'une grande grève où Il ne fallait pas se contenter de l'euphorie générale, même si tout fut assez joyeux sur le lieu du travail même.

Très vite les grévistes, Albert en tête décidèrent de fermer le centre, comme des milliers d'autres entreprises. La direction syndicale (5 personnes avec Albert) prit sur elle la décision d'occuper le centre et de renvoyer les stagiaires dans leur foyer. Le directeur fut prié de rester chez lui, (en fait dans sa villa de fonction) Et l'on boucla le portail avec des gros cadenas. Personne n'entrait au centre sans l'avis du collectif syndical.

Ils prirent possession des bureaux, assurant la sécurité des biens et de l'argent (il y avait la paie de 200 stagiaires, en liquide). Ceci impliquait toute une organisation, des tours de garde, des systèmes d'information rapide, etc. L'expérience militaire d'Albert servait, mais pas tout à fait comme l'avait prévu ceux qui l'avaient envoyé en Algérie.

Les grévistes étaient en liaison constante avec les services centraux de l'Afpa, où s'engageaient de rudes négociations avec le ministère.

Proches des usines Berliet, ils allaient régulièrement échanger avec les salariés de cette immense boîte, fer de lance de la lutte syndicale à Lyon. Les syndicats CGT étaient très actifs partout, mais à Berliet, c'était le summum.

La grève dura 3 semaines : la France entière était paralysée : Albert partait de Fontaines s/Saône pour rejoindre St Priest chaque matin à vélo (environ 15 km) pour prendre son tour d'occupation. Il fut de garde plusieurs nuits pour protéger la paie des stagiaires. Ils étaient au total une dizaine de militants très actifs dont très peu avaient de l'expérience. Ceux de la CFDT, qui vivaient vraiment, cela comme un grand folklore, avec des idées assez farfelues comme celle de décorer les bureaux de « tableaux » plus ou moins artistiques…bref un certain « décollage », improbable, mais pas gênant par ailleurs.

Plus réalistes les copains de la CGT dont Albert était devenu le responsable, étaient plus attachés à décrocher des avancées très concrètes….

Enfin, une nuit, vers 23 heures, le 25 mai, la direction nationale du Syndicat CGT à Montreuil, contacta Albert pour lui communiquer l'état d'avancement des accords que le Ministère demandait de signer avant minuit, car ensuite était nommé un nouveau ministre, et rien ne pouvait être garanti sur sa position future.

Les avancées étaient considérables : Passage de 44 à 40 heures par semaine, augmentation de

30 % des salaires (en deux fois) Une semaine de congé à Noël, prime de fin d'année de quasiment un mois, section syndicale dans chaque centre, nouveaux droits syndicaux. Il n'y avait pas d'hésitation possible : les avancées devaient être actées et l'accord devait être signé. Dès le lendemain le Directeur réclamait les clés du centre, en disant « on a gagné » ce qui les fit bien rire : Ils avaient d'abord négocié avec lui la récupération sans perte de salaires des heures de grève…. Il lui fallut se résoudre à ne récupérer que la moitié des heures, et sur la base de nouveaux accords de temps de travail, ce fut assez peu douloureux financièrement pour les salariés... Ils exigèrent une cérémonie officielle de remise des clés en présence de tout le personnel: petite satisfaction d'orgueil syndical…

Et il est vrai de dire que les choses avaient changé : entre eux, les salariés, dans les rapports avec les dirigeants : plus de fraternité, plus d'expression, la conviction de leur force, de leur dignité. Certains collègues, qui avaient subi la grève plutôt que de la suivre, en voulurent à Albert pour longtemps pour le rôle actif qu'il avait eu. Personnellement, Il ressentait plutôt de la fierté, surtout en repensant aux luttes de ses parents.

En juin 68, la droite triompha aux élections de la peur. Il fallut 40 ans au patronat pour reprendre ce que les travailleurs lui avaient arraché et obtenir enfin sa vengeance idéologique : C'est un Président de la République qui revendiqua l'idée de vouloir effacer toute trace de Mai 68.

Manif à Lyon en mai68

SAISON 6

San Francisco, d'autres horizons
Militantisme made in USA

Entre 1968 et 1978, ce furent dix années d'enseignement et de militantisme syndical au quotidien, de celui dont personne ne parle, un peu obscur, souvent exténuant, car jamais Albert ne fut ce que l'on a appelé un « permanent ».

Fatiguant, donc ! 10 ans à plein régime… Et un jour…En Janvier 1978: un militant syndical « crypto communiste » rencontra aux USA un autre militantisme.

A la suite d'une rupture dramatique dans sa vie personnelle, en janvier 1978, Albert décida de partir, vers les USA, revoir sa sœur Jo, qui avait émigré définitivement là-bas, en Aout 1958…

Les raisons de ce voyage étaient éminemment intimes et familiales, mais lui permit de découvrir alors un monde totalement différent de ce qu'il avait vécu jusqu'alors. Les voyages transatlantiques en 1978 n'étaient pas si courants, et en tout cas, pour Albert, c'était véritablement une aventure sur tous les plans, physique, matériel, intellectuel, social, vers l'inconnu. Un voyage individuel, alors que l'état, 18 ans plus tôt ne lui avait offert que des voyages très collectifs, de Marseille à Alger, mais gratuits, il est vrai…

Finalement il débarqua à Kennedy Airport le 21 janvier 1978, la traversée en avion côte est -côte ouest jusqu'à San Francisco, ajouta à la longueur du voyage.

Jo possédait alors une voiture, et l'attendait à l'aéroport. Il est arrivé un peu perdu, dans la rue où elle habitait, dans un petit immeuble à quatre étages, sans ascenseur, dans un quartier presque central, mais pas particulièrement séduisant. Pas très loin du quartier de Mission, plutôt pauvre, à l'époque.

C'était un tout petit appartement, mais durant son séjour Jo le laissait souvent le soir et partait coucher chez son amie du moment.

Jo avait vécu tout le mouvement des droits civiques dans les années 1960, le combat pour l'égalité de la communauté noire, et elle y avait pris sa part. Puis le combat contre la guerre au Viet Nam, qui avait pris fin en 1975, avec toutes les célébrités d'alors : Fonda, Baez, Dylan, Miller etc. les chansons de Baez » We shall over come », « blowing in the Wind », « Her's to You », etc. berçaient ce voyage, et aujourd'hui encore, Albert en frémit à leur écoute.

Ensuite il y eu le mouvement « peace and love »,

puis la bataille pour l'égalité sexuelle des gays et lesbiennes, virulente à San Francisco, à laquelle sa sœur Jo participa totalement, et qui continuait encore en 1978: Albert participa au moins une fois à une manif de ce type, dans le quartier de Castro.

Formidable découverte d'un militantisme si différent dans son objet, ses méthodes, ses moyens, et ses organisations.

Il vécut pendant deux semaines au milieu de cet activisme, dans les endroits qui allaient devenir mythiques de San Francisco: Haight-Ashbury, où est né le mouvement hippie, Castro, quartier des gays et lesbiennes triomphants (il fallait voir comment ces militants et particulièrement Jo parlaient aux flics qui tentaient de les canaliser…)

Mission, quartier plutôt hispanique, et bien sûr Fisherman Wharf, tellement authentique à l'époque, Nob Hill, Télégraphe Hill, …et le Golden Gate, qui était plus beau que dans les rêves et les images. Albert rencontra toutes les amies lesbiennes et les copains gays de Jo, tous absolument décontractés, joyeux, et sûrs de leurs droits. « Bandits joyeux, insolents et drôles ». Il découvrait un autre monde, un monde en mouvement. Il eut même une petite expérience de marijuana.

Jo lui parla aussi de sa douloureuse rupture avec Lesley, la femme de sa vie. Et lui, il dit sa récente rupture difficile, son besoin de vivre différemment, le désarroi qui avait motivé son voyage.

Dire ces choses, leur fit certainement du bien. La notion de rupture leur était maintenant commune, et dans un certain sens cela les rapprocha de leurs tendres années adolescentes.

San Francisco est une ville superbe, digne de tout intérêt. Au moment où s'écrivent ces lignes, Albert est retourné trois fois là-bas, en 1988 et en 2008 et 2013. Et chaque fois la ville, et la région l'ont séduit incontestablement : climat pacifique, sans chaleur, très ensoleillé après les brouillards du matin, et l'océan donne une impression de liberté. En 2008, Jo lui a dit qu'elle voulait que ses cendres soient dispersées sur le front du « Pacific », à l'est de la ville.

C'est une ville où Albert aurait pu vivre, comme beaucoup plus tard, La Havane.

Ils partirent quelques jours vers les « missions » sur la cote vers los Angeles, visitèrent quelques lieux mythiques, dont la maison du milliardaire de la presse, Hearst qui inspira le film Citizen Kane, d'Orson Wells.

Ils rendirent visite à Lesley, l'ex-compagne de Jo, qu'Albert avait rencontrée en France 10 ans plus tôt, et passèrent une bonne journée avec elle. Lesley vivait de manière bourgeoise, avec une femme plus âgée qu'elle, mais riche, dans la banlieue chic de San Francisco, Monterey.

Albert avait grandi d'un seul coup dans ce voyage, même s'il n'avait pas trouvé ce qu'il cherchait, la vie étant toujours plus étrange et irréelle que les rêves.

Il décida alors de ne rien dire à ses parents de ce qu'il avait découvert de la vie de Jo : ils n'avaient pas besoin de ça, et il n'était pas certain qu'ils auraient bien compris la situation, et Jo ne lui en avait pas donné l'autorisation.

Finalement Albert écourta son séjour auprès d'elle, et décidai de traverser les USA dans toute la largeur en bus Greyhound, le transport des pauvres…Los Angeles, Phœnix, Flagstaff, Albuquerque, Amarillo, St louis, Philadelphie, New York: au total 6 jours et 5 nuits de traversée en bus…Il était parti le 8 février de San Francisco, arrivai à new York le 15 février.

Tout cela avec de la neige, un arrêt (sans intérêt) à los Angeles, puis à Flagstaff et au grand canyon, peu de contact, totalement perdu dans ce monde un peu glauque des passagers du Greyhound.

Il resta 5 jours à new York, et ce fut un grand moment de son voyage; Il couchait à l'YMCA, en plein centre de Manhattan, une chambre plus que spartiate mais pas chère. Il fit tous les musées, allait à l'Onu, Central Park, le quartier italien, le quartier des théâtres et Greenwich village tout à côté… ville merveilleuse, et certaines des connaissances d'Albert eussent été bien surprises de le voir, lui le syndicaliste CGT, circuler avec presque aisance, dans cette ville symbole du monde capitaliste.

Il n'empêche que ceux qui le voyaient en grossier syndicaliste CGT, un peu borné, eussent été pour le moins surpris de la connaissance de la culture américaine qu'Albert acquit alors, celle de Hemingway, Dylan, Coppola et des dizaines centaines d'autres… Ces jugements convenus et sommaires, sont le lot quotidien des militants.

Il reprit l'avion de new York vers Paris le 21 février 1978, ayant appris beaucoup de la vie, de sa sœur Jo, des Usa, d'autres univers...Finalement, c'était son modeste « road movie » qui ne se finissait ni bien, ni mal...mais qui était loin d'être terminé ...Il y a plus de quarante ans de cela, mais lorsque Albert s'en souvient et essaie de dire ce que ce fût, cela l'épuise.

San Francisco, quartier Castro Manifestation en 1978.

SAISON 7

1979, retour en Algérie…un pari pédagogique

Albert, avait alors 40 ans, il se souvient :

« En février 1979, ma mère décédait de manière violente. Elle avait 66 ans et bénéficiait depuis 6 mois seulement de sa retraite.

J'ai ressenti cette mort, en plus du désespoir de perdre sa mère, comme une injustice terrible à l'égard d'une personne innocente, qui avait toute sa vie travaillé, élevé 3 enfants, tenu le ménage, milité, subi la guerre, et qui enfin pouvait bénéficier d'un moment de repos dans sa vie. Une voiture l'a fauchée un soir de février 1979, la tuant sur le coup, comme un animal.

J'ai mis du temps à m'en remettre, et lorsqu'en Aout 1979, l'AFPA proposa une mission de 3 mois en Algérie, je vécus cela comme un dérivatif possible à ma tristesse.

Le gouvernement Algérien, par l'intermédiaire de son ministère du travail avait sollicité la France pour la formation de 300 moniteurs professionnels, et l'AFPA fut choisie comme l'expert dans ce domaine.

L'Afpa recherchait donc en urgence des formateurs de formateurs expérimentés pour une action assez massive et rapide sur tout le territoire national algérien : la formation pédagogique de jeunes hommes algériens professionnels de différents métiers, pour qu'ils deviennent des enseignants.

La mission était de 3 mois.

La fiche de recrutement des 20 « experts » de formation qui prendraient en charge l'action me correspondait bien, car j'exerçais la fonction depuis 4 ans et je connaissais le contexte algérien.

Le travail me convenait, et je voulais revoir l'Algérie dans d'autres circonstances que la guerre. De plus je vivais cela comme un acte militant pour aider la jeune république algérienne indépendante.

J'avais la capacité de m'éloigner immédiatement et fus vite recruté, car assez peu de candidats possédaient la double capacité requise.

On me recruta en me demandant de faire équipe avec une enseignante de Paris, totalement inexpérimentée dans le domaine de la formation de formateurs. Pleine de bonne volonté, cependant. Le Ministère algérien avait exigé que nous fonctionnions en coanimation, mais l'Afpa trichait sur la qualification réelle de certains des « experts » qu'elle envoyait là-bas.

Je devinais que cela serait source de problème, mais je maintins ma candidature, tant j'avais envie de changer.

Le 7 septembre 1979, nous arrivâmes une vingtaine d'«experts » à Alger. Il y avait 17 ans que j'avais quitté l'Algérie, dans des circonstances bien différentes. J'observais une société qui avait beaucoup changé. L'Algérie s'était enfoncée dans un monde prétendument socialisant avec un parti unique, le FLN qui régnait sans véritable éthique.

L'abandon des cadres français en 1962, avait laissé un paysage industriel et agricole dévasté. Rapidement, la corruption s'installait à un niveau assez haut. Le président en exercice était, par exemple, en même temps, propriétaire de plusieurs hôtels. La politique d'arabisation, récemment décidée, durcit les oppositions entre élites arabophones et élites francophones que le système éducatif, paradoxalement, continuait largement de reproduire. Ensuite, dans le domaine idéologique, la généralisation de la langue arabe permettait de promouvoir l'islamisme politique. Et déjà, les « barbus », (c'était ainsi que les algériens appelaient les intégristes), feraient leur apparition dans les rues et ils allaient 10 ans plus tard, changer la douceur revenue de ce pays en un enfer sanglant et le plonger à nouveau dans la guerre civile.

J'étais au courant et conscient de cette situation, c'est pourquoi l'appel aux formateurs français me paraissait un acte politique intéressant.

A Alger, après plusieurs jours de négociations sur les conditions de notre séjour, la mise en commun et l'ajustement des contenus à diffuser, les mises au point sur les conditions matérielles avec des représentants de la direction de l' Afpa et des quelques représentants de l'institut algérien de formation nous réussîmes à nous mettre d'accord, avec un programme qui avait été largement improvisé par la direction de l'AFPA, poussée par l'urgence, nous rejoignîmes nos bases dans tout le pays : pour 4 d'entre nous, ce fut Si Bel Abbes, 450 km à l'ouest d'Alger et à 80 km d'Oran, la deuxième ville du pays, proche de la frontière marocaine et où s'étaient déroulés en juillet 1962 de sanglants événements, où disparurent 500 ressortissants français « pieds noirs ».

Les conditions d'hébergement étaient déplorables, dans un immeuble mal entretenu, avec des coupures d'eau, et des sanitaires et mobiliers assez sommaires…J'envisageais très rapidement de trouver une famille d'hébergement.

Deux de mes collègues de travail se révélèrent vite racistes et profiteurs. Je travaillais donc avec A, inexpérimentée mais ne manquant pas de finesse psychologique et tout à fait prête à donner le coup de main, dans la mesure de ses moyens, et le donna. Elle noua une idylle avec le coordinateur des groupes, un Parisien de l'Afpa, qui avait pour tâche de veiller à la coordination des actions, d'un groupe à l'autre.

Bel Abbes était une petite ville de 50 000 habitants environ, assez endormie, mais belle. Elle avait été, durant la colonisation, la capitale de la Légion étrangère (« c'est nous les africains… ») et avait même été appelée le

« Petit Paris ». Pour l'heure, elle était dans le giron de l'administration algérienne, une ville plus que tranquille : pas de café ouvert après 20 heures, vente d'alcool interdite, 2 hôtels où femmes et hommes couchaient séparément, même si on se présentait en couple….

Un grand « village » avait été créé « clé en mains » par la puissance nord-américaine, appelée à la rescousse par l'Algérie pour créer une usine électronique (la Sonelec) dont les premiers produits furent des téléviseurs. Nous ne vîmes jamais un seul boy : les Américains vivaient totalement cloîtrés dans leur base, avec tout le confort made in usa…

En revanche nous vîmes des Russes, ou plutôt des soviétiques, qui étaient enseignants au centre où nous travaillions, pour diverses techniques. J'avais pu assister à un cours théorique de soudage, et ce n'était pas piqué des vers : le professeur soviétique donnait ses explications en russe, et il était traduit d'abord en français pour les jeunes élèves algériens « francisés » et ensuite en arabe pour ceux qui étaient « arabisés » L'efficacité n'était pas au rendez-vous et les cours s'éternisaient…Les Russes étaient quatre, plus un « politique ». Mal payés ils crevaient de faim et le samedi ils partaient en groupe à la pêche pour améliorer l'ordinaire.

Un jour, nous avions besoin d'un atelier pour une simulation pédagogique, et le directeur algérien du centre nous donna la priorité et nous fîmes sortir les professeurs russes, les interprètes et les élèves, pour nous faire rentrer fiers comme Artaban dans l'atelier réquisitionné ; les petits gars avaient du mal à camoufler leur rire...Le centre de formation professionnelle où nous exercions était assez vétuste, hérité de la présence française, où des jeunes de 15 à 18 ans se formaient à différents métiers.

Le premier jour de travail, pour entrer dans le centre, nous dûmes affronter le « chaouch », le gardien, qui était handicapé d'une jambe, et qui ne manqua pas de nous indiquer que c'était un souvenir de l'armée française, lorsqu'il était « moujadin », combattant de l'ALN. Il portait fièrement ses décorations.

Le groupe de 28 jeunes algériens apprentis moniteurs dont nous devions assurer la formation pédagogique se révéla très motivé et très avide de connaissance. Ils avaient de 25 à 30 ans, tous parlant français, sauf deux,

« Arabisés » et leurs copains leur traduisaient nos interventions.

Nous avons visé une formation classique, un peu directive dans la mesure où cela correspondait à une demande. Il s'agissait de rendre opérationnels pédagogiquement, dans un temps réduit, ces jeunes professionnels :

Savoir établir un plan de déroulement de leçon, Animer et contrôler des séquences de formation, exploiter des progressions technico pédagogiques en temps et en heure, Réaliser et des instruments d'évaluation et les appliquer.

Nos interventions étaient à la fois assez directives dans leur forme, mais plutôt décontractées dans le feu de l'action.

Malgré des conditions matérielles déficientes, nous avons réussi à motiver ces jeunes gens, tout au long des 12 semaines. La possibilité d'un champ d'entrainement en dimension réelle était un avantage, et il fallait voir ces garçons appréhender leur première leçon, en notre présence, face à de jeunes gamins : ce fut passionnant. Chaque jour était très plein, et nous avions vraiment l'impression de progresser. Les liens se resserraient et nous apprenions à nous connaître.

Ce fut une très belle expérience, pour eux comme pour nous, malgré l'absence totale d'aide technique : il n'y avait aucun matériel disponible dont nous usions habituellement, une simple photocopie était un problème, l'absence de documentation, etc. et d'aide des cadres algériens, qui s'en foutaient royalement.

J'appris par la suite qu'il y avait dans le groupe de nos stagiaires deux responsables « politiques » qui firent un rapport élogieux sur celui qu'ils appelaient affectueusement entre eux : « sidi boulahya », moi en l'occurrence, « le barbu chef » Mais au quotidien, c'était « Monsieur Albert ».

Lorsque nous repartîmes, j'avais l'adresse de chacun d'entre eux, il y eut de l'émotion et des larmes. Et pendant très longtemps, beaucoup m'écrivirent à chaque nouvelle année. En dehors de l'acte de formation fort que nous avions réalisé avec succès : former 28 formateurs compétents en trois mois dans des conditions de dénuement technique extrême, ce qui fut valorisant à tout point de vue.

Il y eut aussi quelques aventures pas toujours drôles : dès les premiers jours, je me fis voler la totalité du pécule qui avait été remis à chacun d'entre nous à Alger: comme il n'y avait pas de banque, pas de coffre, pas d'appartement qui fermait, nous étions obligés d'avoir sur nous la totalité de la somme qui nous permettrait de vivre pendant 3 mois (environ 1600 euros). Par ailleurs, les rapports avec les deux collègues, dans un appartement à l'installation très précaire se dégradèrent rapidement, car tout nous opposait. Je m'isolais donc un peu plus. A. de son côté vivait sa romance avec le coordonnateur de la mission. Les liaisons avec la France n'étaient pas faciles, il n'y avait alors ni internet, ni téléphone portable.

Heureusement, je fis connaissance d'une famille qui habitait très près du centre, et ils m'hébergèrent souvent, très gentiment. Il y avait le grand fils, Kaadi, très européanisé, qui se lia d'amitié avec moi, et me fit découvrir les dessous de la vie algérienne. Il touchait un peu au shit. Je le revis plus tard, en France. Je me sentais très seul, et je proposais à une amie de venir me rejoindre. Elle vint fin septembre 1979 pour presque deux semaines. Un long week-end, nous partîmes pour le sud saharien, Béchar et Timimoune, une superbe palmeraie, où nous logeâmes à l'hôtel Gourara construit par Fernand Pouillon, architecte français qui avait défrayé la chronique, hôtel magnifique, tout en terre ocre. Timimoune fut une deuxième révélation des beautés du désert algérien. Séjour assez mouvementé, avec panne de voiture en pleine piste désertique.

La mission prit fin le 12 novembre 1979, je réussis à aller jusqu'à Touggourt, et je revis le camp où j'avais vécu six mois en 1960, presque 20 ans plus tôt, non sans un certain sentiment de vie oubliée.

SAISON 8

Une brigade au Nicaragua

Le lecteur trouvera à la fin du chapitre, un résumé sur le contexte historique du Nicaragua et de l'Amérique centrale en cette période bouleversée

Albert raconte son expérience :

"Le 28 juillet 1986, un jeune lyonnais de 28 ans, Joël Fieux, fut assassiné par les « contras », au Nicaragua. Il vivait là-bas depuis plusieurs mois, militant de France Amérique latine à Lyon.

Début 1987, j'appris cette histoire au cours d'une soirée organisée par France Amérique Latine à Lyon. J'appris aussi que FAL organisait des brigades de travail au Nicaragua, pour aider les populations, car les hommes et les femmes étaient mobilisés par la véritable guerre organisée depuis Washington contre le gouvernement sandiniste, au pouvoir depuis

1979, après la chute et la fuite du dictateur Somoza, le pire que l'Amérique du Sud ait connu.

Je m'inscrivis donc pour une brigade de construction d'école, en Aout 1987, et pris tout mon temps de congés annuel. (5 semaines) pour partir.

Une action militante différente, qui me fit découvrir, en réel, le monde de l'Amérique latine dont les dernières images remontaient pour moi à 1973, avec le coup d'état au Chili.

Je m'ennuyais un peu dans le quotidien relativement confortable en France. J'avais besoin de me rendre utile et d'aller voir ailleurs, à nouveau. Je ne fus pas déçu.

Je ne connaissais pas l'histoire du Nicaragua, ni ne parlais un mot d'espagnol.

Le Nicaragua était donc alors ce petit pays de 4 millions d'habitants en 1986 (6 millions aujourd'hui) situé en Amérique Centrale, entre le Honduras et le Costa Rica. 130 000 km2.

C'est dans ce contexte que se constitua la brigade pour le Nicaragua, à laquelle je participais, avec un vrai sentiment d'aventure.

« En aout 1987, quand notre brigade arrive, la lutte contre les contras est donc encore à un haut niveau militaire, et la conscription éloigne les hommes de leur travail. Les brigades internationales tentent de réduire le manque de main d'œuvre, dans différents domaines.

Voici donc la brève histoire de notre brigade. »

Le rendez-vous des brigadistes était fixé au 4 aout 1987 à Paris. Aucun de nous ne se connaissait. Il y avait là :

Marianne, 3e année d'Ecole supérieure de commerce, parlant parfaitement l'espagnol,

Pascale 1ere année de fac, qui avait l'âge de ma fille, 18 ans.

Maya, infirmière et son mari Victor, ouvrier,

Hélène, institutrice en banlieue parisienne, en couple avec François, instituteur en banlieue parisienne, aussi.

Patrice, ouvrier du bâtiment

Jean-Philippe, technicien,

Louis, stagiaire AFPA chef de chantier,

Bertrand, Instituteur et, Claude professeur,

Ils venaient de Toulouse, de Paris et banlieue, de Nantes, Tours et Lyon. 12 personnes qui allaient apprendre à se connaitre, à travailler et à vivre ensemble.

Nous avions chacun payé notre voyage, il nous en avait coûté alors 8200 ƒ soit environ 1300 euros. Nous partîmes le mercredi 5 aout, à 7h30 de Roissy pour…. Moscou. Les compagnies européennes n'organisaient aucun vol en Direction de Managua, capital du Nicaragua, sous embargo américain. C'est Aeroflot qui nous emmena depuis Moscou, avec escales à Shannon et à la Havane, pour arriver à 17 heures le lendemain à Managua…soit 35 heures plus tard, dont 8 heures d'attente dans la zone internationale de l'aéroport de Moscou, glacial.

Nous découvrîmes rapidement Managua, encore marqué du tremblement de terre de 1972.

Nous couchions dans un « hôtel » collectif, au confort très sommaire, destiné aux Brigadistes. Réunions d'explications, contact avec des responsables sandinistes, où il fut beaucoup question de sécurité, et apprîmes qu'à partir de la tombée de la nuit, nous devions toujours être rentrés dans notre village et regroupés, le village étant sous surveillance toute la nuit. Pas question de sortir.

En effet, les contras menaient encore des raids assassins, surtout la nuit. Plusieurs brigades, proches de la frontière avec le Costa Rica avaient été l'objet d'attaques l'année précédente, des coopérants avaient été assassinés. L'école que nous devions construire était située dans la région de Sebaco, à las Palomas, dans le centre du pays, plus sûr, cependant.

Nous partîmes de Managua le lendemain, en bus, et déjà nous sentions que notre groupe fonctionnerait bien…

Après 4 heures de voyage secoué mais sans histoire…nous arrivâmes à Las Palomas, petit village traversé par la « carretera » centrale, avec une moitié électrifiée, et l'autre ... à la chandelle. Pas d'eau courante dans les maisons, faites de parpaings, de tôles, certaines en terre battue au sol. Il y avait une trentaine de maisons, un bâtiment central en dur, qui comportait une grande salle de réunion qui nous servirait de réfectoire, une cuisine au feu de bois uniquement, et de la vaisselle très succincte.

La responsable du village nous accueilli chaleureusement, elle se nommait Martha. Nous eûmes des rapports excellents : elle était compétente, convaincue, combattante.

Tous les habitants du village étaient réunis sur la petite place centrale pour nous accueillir, essentiellement des femmes, des enfants et des anciens, les hommes étaient au front. Les familles choisirent le brigadiste qu'elles allaient héberger. Je ne fus pas dans les premiers choisis, j'atterris chez le boulanger, père de 4 enfants, du mauvais côté de la route...

Le confort était minimum, je logeais dans le « salon » le sol était en pierre cependant. Pour le sanitaire, c'était la cabane au fond du jardin, et pour la douche, c'était un réservoir d'eau avec une cuvette, et en plein air.

Il faisait chaud, très chaud.

Nous avons repris la suite d'une brigade, qui avait creusé les fondations, et une autre nous succéderait.

Nous construisions en mode sismique, des ferrailles mouvantes et liées entre elles, ciment léger.

Nous devions couper et assembler les ferraillages, fabriquer chaque parpaing au moule, le matériel n'était pas très abondant, ni l'outillage, ni la matière première… un maitre d'œuvre nicaraguayen, venait tous les deux jours.

Nous nous sommes organisés en collectif, suivant les spécialités de chacun. Louis fut naturellement conducteur du chantier, Marianne traductrice en titre, deux ou trois chargés du ravitaillement et des repas, à tour de rôle, je fus, étant le plus âgé, chargé du respect des horaires, des organisations des déplacements. Tous étant responsables de la sécurité. Toutes les décisions se prenaient en réunion chaque soir dans la grande salle.

Nous travaillions de 6 heures du matin à 13 heures, avec une pause à 9 heures, au moment où les moustiques attaquaient en masse compacte, toujours à la même heure et pour une durée d'une demi-heure, des nuées impressionnantes qui nous obligeaient à nous réfugier dans la salle commune.

Tout le monde travailla à son rythme, et tous firent preuve de modestie et de respect des autres.

Ceux qui n'étaient pas trop crevés partaient vers 15 heures au petit village de Chautillo à 3 km, où nous pouvions boire des bières et écouter de la musique. Retour impératif à 18 heures, avant la nuit.

Repas collectif du soir, que nous préparions à tour de rôle, réunion du groupe, échange divers avec les habitants…les gosses nombreux étaient souvent avec nous. Et à 21 heures tout le monde rejoignait sa famille pour dormir. Il n'y avait ni télé, ni téléphone et encore moins d'internet. Mais dans ma famille deux gamins jouaient de l'harmonica…

Le week-end, nous ne travaillions pas, et nous partions en expédition dans les « grandes » villes voisines : Matagalpa, perdue dans les montagnes, production de café, Estelli petite ville de cow boys, Corinto, port de mer, sous surveillance, Léon capitale catholique, son architecture coloniale, et sa magnifique cathédrale.

Chaque voyage était une expédition hasardeuse, nous trouvions des « Pick up » d'âge considérable, où nous nous entassions à 7 ou 8, où nous faisions du stop avec une pancarte « brigadistes » et bien des véhicules s'arrêtaient.

Ces petites villes nous offraient leurs marchés extrêmement pittoresques (on pouvait acheter des iguanes vivants…les habitants les mangeaient). Les gens que nous rencontrions étaient simples, pauvres, d'une grande gentillesse. Beaucoup étaient catholiques, car la théologie de la libération avait pris sa place dans la libération du pays, et dans la révolution sandiniste. « L'église des pauvres » se heurtait à la hiérarchie officielle catholique, représentée par les évêques. Nous avons visité la cathédrale de Léon et observé des processions très simples dans les rues.

Le chantier avançait peu à peu, sous le soleil, et nous étions tous enthousiastes et bons enfants entre nous. Ce n'était pas le cas de toutes les brigades.

Un jour, nous avons rencontré des brigadistes nord-américains, très sympas et très courageux, ils avaient traversé les lignes avec un gros camion de matériel, depuis les usa. Leur accueil donna lieu à une fête. Un matin, je n'ai pu me lever : je vomissais sans cesse, atteint d'épouvantables diarrhées, et j'avais une fièvre très importante : déshydratation assurée en 24 heures…Pas de médecin et pas de médicament…Notre infirmière avait juste de l'aspirine…Au bout de 2 jours, les copains songeaient à me rapatrier. Les gens du village me proposèrent de boire du Viandox (c'est tout ce qu'ils avaient) deux ou trois fois par jour…Et le miracle eut lieu, je me réhydratais, et deux jours encore j'étais debout, prêt à retravailler. Sous les sarcasmes m'accusant de « tire au flanc » …

Un samedi nous partîmes pour Corinto, un port et des plages sur le pacifique, où nous voulions nous baigner, voir les installations de défense militaire. Et en effet, nous avons pu voir à la jumelle, un destroyer us, stationnant au large, en dehors des eaux territoriales, et des blockhaus construits par l'armée sandiniste sur la côte. Je réalisais que les descriptions que l'on nous faisait n'étaient pas de simples mots, mais une réalité assez glaciale d'une guerre en cours avec un ennemi menaçant.

Nous passâmes cependant une bonne journée de détente, avec un petit repas de poisson, dans un restaurant en toit de paille. ça nous changeait de la cuisine de haricots…

Le retour fut plus aléatoire : notre véhicule tomba en panne à mi-chemin, dans un lieu assez peu fréquenté, et il était 4 heures de l'après-midi. Le couvre-feu débutait à la nuit, vers 18 heures. Pas de dépanneur à l'horizon…le moteur avait lâché, de toute façon…par un miracle que je ne me suis toujours pas expliqué, vers 18 heures arrivèrent deux « Pick-up », apparemment plus récents, qui nous chargèrent et nous ramenèrent à notre village, où nous arrivâmes à la nuit noire. Un camion militaire nous accompagna sur la centaine de km que nous avions à faire. Je ne pus m'empêcher de penser à l'Algérie.

La vie continua, les travaux avançaient, nos contacts avec les villageois étaient de plus en plus chaleureux.

Il y eu une grande réunion un soir où des responsables du FSLN vinrent porter la bonne parole pour la conscription, et aussi nous remercier officiellement de notre aide.

La veille de notre départ fut organisée une fête dont les enfants du village furent les artisans. Il s'agissait de la piñata, où les enfants, les yeux bandés frappent un récipient suspendu, rempli de bonbons…tradition mexicaine, parait-il, qui eut beaucoup de succès au village. Et le soir tous les villageois présents nous invitèrent à un repas communautaire.

Le lendemain, 29 août, les temps étaient venus de nous quitter. Il y eut des pleurs. Des promesses de retour (au moins deux membres du groupe revinrent l'année suivante, voir l'école terminée).

Et le bus nous ramena à Managua, tous biens fatigués, et le cœur un peu gros.

Nous avions deux jours de visite à Managua, nous allâmes sur les plages du pacifique, ou Louis faillit périr noyé. Le Pacifique était très mouvementé, et Louis ne dut son salut qu'à la corde de 50 mères (seul instrument de sauvetage) que réussit à lui tendre un Nicaraguayen, à l'extrême limite.

Nous fîmes une grande balade en bateau sur l'immense lac Nicaragua, pollué pour des années par les entreprises américaines.

Et il fallut partir : voyage retour : la Havane, Moscou, Paris… Sauf pour Claude et moi…Il n'y avait plus assez de places et nous fûmes désignés pour rester, les autres étant impérativement attendus en France. Pleurs et promesses de tous nous retrouver au pays.

Claude et moi attendions donc un billet retour, et nous restâmes deux nuits de plus à Managua dans le « superbe Hôtel » collectif). Finalement un avion nous emmena à Panama en passant par le Salvador (pays qui n'était pas le copain du Nicaragua sandiniste) …où les flics des frontières nous regardèrent d'un sale œil à la vue de nos sacs à dos sales et de notre allure un peu …routards. De plus nous avions des drapeaux du FLNC dans les bagages…Nous eûmes donc droit à une fouille spéciale, dans

une pièce isolée, et nous n'en menions pas trop

large.

Finalement, comme nous étions en transit vers Panama, ils nous gardèrent sous surveillance jusqu'au départ vers Panama…ouf !

A Panama, centre-ville dans un hôtel de luxe, nous vîmes une nuit de manifestation de voitures et casseroles de la droite et extrême-droite panaméennes. Finalement un vol, en première classe pour Amsterdam par KLM. Il fallait nous voir, déguenillé et barbus, dans les travées des premières de l'avion où nous étions pratiquement seuls, buvant du champagne, après 4 semaines de « privations ». Ensuite Paris et Lyon pour moi, et Nantes pour Claude…Quel périple !

Mais quel beau voyage, quelles belles rencontres, et quels souvenirs ardents aujourd'hui encore. A la fête de l'Huma suivante, en septembre, nous nous sommes retrouvés quelques-uns, au stand du Nicaragua, heureux de nous revoir. Les années suivantes, nous nous sommes rencontrés ponctuellement, nous nous écrivions. Patrice repartit pour longtemps vers Sebaco, où il se maria. Ainsi vont les choses. Le Nicaragua resta pour toujours dans nos cœurs, nous avions un petit peu aidé ce petit pays à résister à l'ogre nord-américain ».

.

Note: le contexte historique

1974: Somoza, dictateur sanguinaire est au pouvoir depuis 20 ans. Le tremblement de terre de Managua de décembre 1972 est un événement décisif qui occasionne 500 000 sans-abris et plus de 10 000 morts. La moitié de l'aide internationale est détournée par Somoza et sa Garde nationale, et revendue à leur profit. Une grande partie du centre-ville dévasté par les tremblements de terre n'a jamais été reconstruite.

Le 27 décembre 1974, le Front Sandiniste de Libération Nationale (du nom de Sandino, libérateur) s'empare de 30 otages, dont le beau-frère de Somoza. L'incident humilie le dictateur et rehausse le prestige du FSLN. La loi martiale est déclarée, et la Garde nationale commence à raser des villages de la jungle soupçonnés de soutenir les rebelles, les ligues de défense de droits de l'homme aux Usa même condamnent ces crimes mais le président américain Gerald Ford refuse de rompre l'aide des États-Unis au dictateur. Le pays bascule dans la guerre civile. En 1978 le journaliste Pedro Chamorro est assassiné par la Garde nationale, 50 000 personnes suivent ses funérailles. Des grèves de protestation, exigeant la fin de la dictature sont organisées. Les sandinistes intensifient leurs actions et s'emparent de Léon, une grande ville à l'est. La garde nationale multiplie les exactions. Enfin, le 19 juillet 1979, les sandinistes entrent dans Managua. Somoza fuit le pays avec sa famille. Lors de la chute du gouvernement somoziste, les États-Unis apportent leur aide pour que Somoza et les commandants de la garde nationale prennent la fuite.

Le Front sandiniste de libération nationale (FSLN) prend la tête d'un pays dont la population souffre de malnutrition, de maladies et de contaminations par les pesticides. D'aspiration socialiste et de la Théologie de la libération, le Front sandiniste nomme trois prêtres au gouvernement. Le FSLN applique un ambitieux programme de réformes sociales. La réforme agraire permet la distribution de 5 millions d'acres de terres à environ 100 000 familles, une campagne d'alphabétisation est lancée et le système de santé est sensiblement amélioré. De nombreux centres de santé sont également construits et des campagnes de vaccination aboutissent à l'élimination de la polio et au recul de différentes maladies. Dans le même temps, le FSLN engage une politique de nationalisations et affirme son intention de construire une économie mixte. Dans les premières années du gouvernement sandiniste, près de la moitié du budget national est affecté à l'éducation et à la santé contre près de 20 % pour la Défense. Dès 1982, les contre-révolutionnaires (les Contras), basés au Costa Rica et au Salvador, soutenus et entraînés par la dictature argentine et les usa attaquent le régime sandiniste.

Les États-Unis qui ne voulaient pas voir un deuxième régime socialiste s'installer en Amérique, après la révolution cubaine, autorisent aussi des opérations de sabotage (minage du port de Corinto, destruction de récoltes, etc.) en plus d'imposer un embargo total contre le Nicaragua à partir de 1985. Pour Faire face à la guerre, le gouvernement met en œuvre une politique de conscription pour tous les hommes âgés de 17 à 35 ans. Les sandinistes remportent les élections, organisées le 4 novembre 1984, avec 66 % des voix.

Ces élections ont été qualifiées de libres par des observateurs internationaux. L'administration Reagan les déclare frauduleuses pour ne pas reconnaître le gouvernement sandiniste. Le gouvernement de Daniel Ortega, met alors en application une nouvelle série de réformes. Le 1er mai 1985, une ordonnance du Président des États-Unis instaure un embargo total sur le Nicaragua. Les États-Unis, alors dirigés par le président Ronald Reagan viennent en aide massive aux Contras en les entraînant, les armant, les finançant et les approvisionnant. Au total, Les affrontements avec les contras firent 57 000 victimes, dont 29 000 morts (dix ans auparavant, la lutte contre Somoza avait déjà fait 40 000 victimes). Le gouvernement sandiniste de Daniel Ortega porte plainte contre les États-Unis en 1984 devant la Cour internationale de justice.

Le 27 juin 1986, la cour ordonne aux États-Unis de cesser d'apporter leur soutien aux opposants au régime, pour avoir « rompu leur obligation dictée par le droit international de ne pas utiliser la force contre un autre État », les condamne à verser 17 milliards de dollars de dédommagements au Nicaragua pour les dégâts causés par les Contras. L'administration américaine refuse de se soumettre à ce jugement. L'aide aux Contras continue. Eclate alors le scandale de l'Irangate : alors que la cocaïne inondait les Etats-Unis, la CIA n'avait rien trouvé de mieux que de travailler avec des narcotrafiquants en Iran pour financer une tentative de coup d'Etat au Nicaragua. Le scandale fut tel que les responsables us durent arrêter le soutien aux contras.

La guerre civile cessa en 1989.

SAISON 9

La Guadeloupe

Petite aventure pédagogico-carribéenne ou caribéo-pédagogique.

Un an après son aventure Nicaraguayenne, Albert avait toujours des fourmis dans les jambes.

En 1988, L'Afpa recrutait un « responsable de formation » pour aider l'association homologue guadeloupéenne, à mettre en place une « base de formation du tertiaire ». Albert postule et est recruté.

Voici donc comment il raconte cette nouvelle aventure:

« Après les vérifications d'usage, notamment sur mes motivations (n'étaient-elles pas politiques ou syndicales, m'avait carrément demandé le recruteur en chef au siège de l'Afpa), je partis en Guadeloupe tout début janvier 1988 pour une mission de six mois, très précise quant à son contenu : mettre en place une base de formation d'une soixantaine de postes de techniciens de bureau comptables et secrétaires, en partant de rien. Il y aurait donc des recrutements d'enseignants, des achats de matériels, des aménagements d'espaces pédagogiques, etc.

Mais auparavant un historique succinct de l'histoire contemporaine de la Guadeloupe, pour remettre dans le contexte de 1988.

L'histoire de la Guadeloupe, est similaire à celle de beaucoup de pays caribéens. En 1635, les Français, prenant la suite des Espagnols, éliminent les derniers amérindiens. La colonie française des Antilles, est marquée, dès 1679 par la déportation massive d'esclaves noirs africains, et ceci jusqu'en 1848, date de l'abolition de l'esclavage. En 1789, la Révolution française, dont le représentant en Guadeloupe fut Victor Hugues, élimina très provisoirement l'esclavage. Mais Napoléon y remit bon ordre, dès 1801, au prix de véritables massacres, et rétablit l'esclavage, qui ne fut aboli définitivement qu'en 1848. Pendant encore un siècle, la Guadeloupe aura le statut plus ou moins officiel mais réel d'une colonie. Et en tout cas, durant cette période longue, les règles de la République ne s'appliquaient pas intégralement en Guadeloupe.

Il faut attendre 1946 pour que cesse véritablement et définitivement le statut de colonie, par le biais de la départementalisation. Et bien que celle-ci ne s'accompagne pas alors de l'égalité juridique, en matière de droit social notamment, tout change cependant dans les rapports entre citoyens habitant l'Ile.

En 1961, débutent des troubles indépendantistes, avec des actions que l'on qualifierait de terroristes aujourd'hui. En mai 1967, la répression d'une grève fait de nombreux morts. (Entre 50 et 150 selon les sources)

En 1971, de grands mouvements sociaux font encore des morts.

Puis il y eut les nuits bleues de 1986 à 1988. Jusqu'en 1988 il y eut des attentats à la bombe, et une lutte indépendantiste à caractère violent. L'amnistie de 1989 apaisera les esprits, enfin.

La grande majorité des Guadeloupéens sont donc des descendants des esclaves africains « amenés » d'Afrique entre 1678 et 1848. (80 %

de la population selon certaines statistiques). Il y aussi les descendants des « coolies » d'origine indienne, les syro-libyens, fuyant leurs pays vers 1900, et les « métros » (français venus de métropole plus ou moins récemment), enfin, les blancs, descendants des premiers français colonisateurs, maîtres planteurs, appelés aussi békés, et quelquefois à tort, blancs pays.

Il n'y a pratiquement aucun « mélange « entre descendants d'esclaves ou de coolies et les békés.

En revanche il y a plus de rencontres entre descendants d'esclaves, et de coolies a v e c les "métros". Ce récit témoigne de l'une d'entre elles.

L'économie de base (plantations, grande distribution, import-export) de l'ile est tenue presque essentiellement par des familles béké (souvent originaires de Martinique) dont certaines sont immensément riches.

Seul le petit commerce de détail est aux mains des autres origines. Les emplois de l'état, et son administration: (poste, hôpitaux, police, éducation, militaires, ministères divers) se partagent entre « locaux » comme on dit et

« *métros* ». Les salariés de l'Etat bénéficient d'un prime de vie chère de 40 % par rapport à la métropole.

Les autres sont salariés du privé, ou chômeurs. En 1988, Le smic est encore inférieur à celui de la Métropole, et l'indemnisation du chômage également. Cette situation est explosive, d'autant que à la fin des années 80, s'est constituée une bourgeoisie « locale », (noirs, métis indiens, chinois) assez riche, bien qu'encore peu nombreuse, et revendicative.

Lorsque je mets les pieds sur L'ile, surnommée Karukera, l'ile aux belles eaux, en janvier 1988, je ne sais rien de tout cela, j'ignore comme la majorité des français, la réalité de ce lointain pays, à part le folklore habituel à travers l'imaginaire colonial, « adieu foulards, adieu madras » et les figures des timbres-poste.

Le premier dimanche où j'arrivais là-bas, il y eu un attentat à la bombe sur un magasin d'optique appartenant à un métropolitain. Je

me disais que ça commençait bien… Mais il n'y eu rien d'autre de vraiment violent durant tout mon séjour. Cependant des marques d'hostilité assez précises s'exerçaient à l'égard des métropolitains présents sur l'Ile, pour leur travail ou leur loisir, notamment de la part de la population la plus jeune avec même des petites provocations, la plupart du temps sans conséquence. Je remarquais aussi le peu de mixité

L'hostilité à l'égard de l'Etat français s'accompagnait la plupart du temps de revendications sonnantes et trébuchantes. Cela créait une certaine ambiance, assez opaque et pleine de non-dits.

Après diverses péripéties, l'administration locale m'attribua un logement à Petit-Bourg, petit village sur Basse Terre, et je travaillais à Gosier, ce qui nécessitait une voiture, prévue au contrat, mais qui fit l'objet de nombreuses tractations du genre « mais qu'est-ce qu'il veut ce métro » On m'attribua une énorme Peugeot familiale de 9 places, qui me servit, par la suite à transporter souvent les copains…

L'entreprise de formation professionnelle de Guadeloupe était dirigée de manière parfaitement incohérente, avec une pléthore de cadres, des dépenses énormes, l'obtention de représentations inutiles et la soif des voyages payés en métropole… Je m'attelais à la tâche, une belle tâche, mais qui se révèlerait pleine d'embûches dans le contexte difficile des relations Guadeloupe-métropole.

Le travail dura six mois, et j'avais plusieurs rôles : animateur, recruteur, responsable pédagogique, et même enseignant avant l'arrivée de la personne recrutée pour cette tâche.

J'étais totalement passionné par ce travail, et je me donnais sans compter ma peine, tous les jours durant.

Les soirées furent plus difficiles, surtout au cours des 2 premiers mois, où loin de tout, seul, sans aucun contact extérieur, je rentrais à mon logement, où je n'avais même pas la télé et le téléphone !

Relisant mes notes, elles sont pleines de cette solitude:

« … *Vie intime, silencieuse, mystérieuse, des nuits sans sommeil, j'écoute Ferrat, avec un fort sentiment de marginalité, je vais à la poste téléphoner chaque jour à N,*

Encore un week-end de solitude profonde. »

Je visitais l'Ile, me baignais, allais aux Saintes, découvrant un univers totalement nouveau pour moi, lisant des livres sur l'histoire de l'Ile et sa civilisation, et, peu à peu, m'attachant de manière indéfinissable et inconsciente à cette terre si étrange et différente.

Il fut impossible de nouer un contact amical avec les collègues de travail guadeloupéens durant les 3 premiers mois.

Fin février, cependant, Je fis la connaissance de Gérard F, par l'intermédiaire de sa tante, une collègue de travail en métropole.

Gérard F, instituteur était arrivé en Guadeloupe pour la rentrée de septembre 1987 et vivait alors avec Muriel. Il devint rapidement un ami, car, malgré la différence d'âge, nous partagions beaucoup d'idées. Je dois à la vérité de dire qu'il m'a sauvé de la solitude qui s'emparait de moi dans cet univers sinon hostile, mais fermé.

Le 10 mars, mon amie N était venue me rejoindre, elle arriva avec sa gaité, son charme et sa jeunesse.

Puis ma fille vint durant les vacances de Pâques.

Elle n'était pas très en forme dans cette année de ses 18 ans, mais je crois que N, Gérard , Muriel et moi lui rendîmes le séjour le plus agréable possible.

Nous nous initiâmes à la plongée sous-marine et j'en devins même un habitué des week-ends à Malendure, en compagnie de Gérard.

Ce furent des jours assez enchanteurs, après la dure période que j'avais vécue. Nous fîmes la connaissance de Marc P et de Claude D, personnages aussi hauts en couleur et en rhum que Gérard: la vie commençait chaque matin. Ce furent de vrais amis et nous remplîmes nos week-ends de quelques instants hautement festifs.

Marc P nous initia à la voile, plus tard, et je lui dois des croisières voilières inoubliables dans les années qui suivirent.

Cependant deux événements graves vinrent interrompre cette période aussi courte que faste:

Le 24 avril 88, deux semaines après son retour en France, ma fille dut être hospitalisée à la suite d'une grave dépression. Inquiet pour sa vie, je demandais donc l'autorisation de rentrer en urgence en France, pour l'aider. N resta en Guadeloupe. Je vis alors en France mon fils, et mon père, qui venait de tomber malade et qui avait dû être hospitalisé, lui aussi. Tout cela en une semaine, je pris l'avion de retour pour la Guadeloupe, le cœur un peu serré, le 1er mai.

Le 16 mai mon frère me téléphona pour dire que notre père s'était éteint, à la clinique de Vénissieux, il n'avait pas 82 ans.

Je repartis donc à nouveau en urgence, assister à l'enterrement de mon père. Je pus voir son corps une dernière fois.

Le lien qui nous unissait était devenu plus fort depuis le violent décès de ma mère, et je crois que je la remplaçais un peu auprès de lui.

Je ne l'ai jamais aussi bien connu qu'au cours de ses huit dernières années,

Son enterrement a été trop rapide, j'aurais

voulu parler pour lui au moment de la mise en terre.

Je n'en ai pas eu la force. Relisant les deux dernières cartes postales qu'il m'avait envoyées en Guadeloupe, je note que dans l'une il me disait qu'il « avait le cafard » dans sa pudeur des sentiments, il disait ainsi sa solitude…

Et je me demanderais toujours si mon départ pour la Guadeloupe n'avait pas accéléré sa fin, même si je crois qu'il n'avait plus beaucoup envie de vivre depuis quelques années.

Au cours des huit dernières années, Il ne s'était pas passé une semaine sans que j'aille le voir chez lui. Il m'a manqué dans la période qui a suivi, à la campagne notamment où je l'emmenais souvent.

Je retournais en Guadeloupe le 25 mai.

En moins d'un mois, deux violentes tourmentes personnelles avaient traversé des deux rives de l'Atlantique.

Plus tard, Muriel quitta Gérard et repartit en France. En accord avec Gérard, je m'installais dans sa grande maison de st Anne, maintenant

un peu vide, début juin, ce qui me rapprochait

de ma base professionnelle, et l'aida à surmonter une période difficile pour lui.

Les fêtes dans sa maison s'amplifièrent considérablement et un jour je présentais à Gérard, Liliane, l'une de mes stagiaires de l'Afpa.

Apparemment, ce fut quelque chose de fort, puisqu'ils vivent toujours ensemble à ce jour, et qu'ils ont deux grands enfants de 30 et 25 ans.

Milieu Juin, un matin à sept heures allant au travail, un monsieur qui avait tâté un peu le « décollage » (le rhum du matin), me rencontra violemment au volant de sa Toyota en plein à gauche. La solidité de mon énorme Peugeot me sauva sans doute la vie. Le monsieur en revanche dut être emmené à l'hôpital, la poitrine touchée. Les habitants du petit village en bord de route n'étaient pas hostiles mais pas loin ; heureusement Gérard descendit de sa maison pour me porter secours, et démêler les choses. C'était sur la fin de ma mission en Guadeloupe.

Celle-ci se termina finalement dans une bonne ambiance, malgré de nombreuses difficultés, plutôt d'ordre bureaucratique et culturel, la plupart des objectifs furent atteints. Les premières stagiaires étaient formées, les enseignants recrutés, les matériels et locaux installés, les programmes de formation en place, l'animation assurée. Nous avions eu droit à la presse locale, radio et journaux. Et j'eus même quelques félicitations officielles. On prit rendez-vous pour que je revienne en décembre faire le point et assurer la pérennité de la base de formation nouvellement créée.

Direction Générale

N. Réf. : JT/NC/SP-581/DG- /88   Basse Terre, le 27 Juin 1988

Monsieur,

        Les difficultés que vous avez éprouvées en arrivant en Guadeloupe, les déchirements qui ont été les vôtres n'ont en rien altéré le dynamisme que vous avez voulu consacrer à votre mission.

        La qualité de votre intervention a marqué la naissance de la base tertiaire du Centre de Gosier. En mon nom personnel et au nom de l'équipe qui a travaillé sur ce secteur, je vous adresse tous nos remerciements.

        Ce serait avec une grande joie si d'aventure notre collaboration se poursuivait.

        En vous remerciant encore,

        Je vous prie d'agréer, Monsieur, l'expression de mes salutations distinguées.

                                    P/La Direction Générale
                                    Le Chef du Service Personnel,

Monsieur
Centre de Préformation du Gosier

Une nouvelle page se tournait.

Je pense que c'est à ce moment-là que je pris le goût des traversées transatlantiques.

Je revins très souvent en Guadeloupe à titre personnel, et la Martinique m'offrit en 1990 une mission similaire, et je connus aussi la Martinique dans les années qui suivirent.

Le hasard voulut que j'y retrouve également Gérard, mais ceci est une autre histoire.

« et j'en dirais, et j'en dirais, tant fut cette vie aventure » disait Aragon. Albert referma là son carnet de souvenirs. Il le reprendrait quelques années plus tard.

SAISON 10

Cuba
Solidarité et amour

En 1996, Albert a 57 ans, il travaille quasiment à mi-temps aménagé avec son employeur : 7 mois de travail, 5 mois de liberté. Ce qui lui laisse des loisirs et un peu moins d'argent. Libre, il n'a plus d'attache sentimentale sérieuse. Dans 3 ans, il prendra sa retraite.

Cuba marque alors profondément cette période de sa vie, la dernière sans doute, et il partage son temps libre entre Cuba et sa maison de campagne, une ferme sommairement aménagée.

Voici comment il décrit cette vaste période cubaine, qui perdure encore aujourd'hui :

« Il y a 25 ans, en 1996, je ne savais rien de Cuba, sinon que c'était une enclave communiste dans l'archipel caribéen…ce que tout le monde, donc, croit savoir.

En avril 1996, avec Marc et Claude, nous partîmes depuis la Guadeloupe pour deux semaines de vacances à Cuba. La découverte de ce pays fut un véritable choc pour moi.

J'ouvrais les yeux sur encore un autre monde, une autre forme de pensée, un autre mode de vie, une autre culture, un autre projet de société…et dans un total exotisme. Cuba était alors en pleine période spéciale, dans les pires difficultés, et je me sentis aussitôt solidaire. Je me découvrais une raison de vivre : connaître et aider ce pays.

Tout le contraire de ce que j'avais ressenti lorsque j'avais rencontré le « communisme réel » de la Bulgarie ou de l'Urss dans les années 1980.

A notre retour, je dis à mes amis de Guadeloupe, que je repartirai à Cuba depuis la France,

Car je croyais y reconnaître mon enfance. En effet, dans l'immédiat après-guerre, le paysage social français a des ressemblances avec le paysage social cubain des années 95.

La solidarité entre les gens, la vie dans la rue à cause des logements démunis de confort et petits, les chaises sur le trottoir pour passer la soirée entre voisins, les chanteurs de rue qui viennent dans les cours des maisons pour entonner les refrains en réclamant la pièce qu'on leur jette de la fenêtre, l'aiguiseur qui passe avec sa charrette en criant « couteaux, ciseaux » à qui on confiait l'aiguisage, nous, enfants sur les traineaux de bois à roulette à bille que nous nous fabriquions, le marchand des quatre saisons, les chevaux qui tirent encore des carrioles, tout cela, je l'ai connu à 9 ans dans les quartiers pauvres de Villeurbanne et même les tickets de rationnementque notre mère gérait méticuleusement se rappelèrent à moi, avec le carnet de rationnement des cubains de 1996 : la libreta. J'ai retrouvé ces mêmes choses à cuba, cinquante après.

Et donc Cuba m'a rajeuni !

Je voulais connaître ce peuple et son mode de vie. Dès mon retour en France, j'adhérais à l'association France-Cuba et je militais intensément.

Et donc, je suis effectivement retourné des dizaines de fois à Cuba entre 1996 et aujourd'hui.

J'ai participé à des actes de solidarité de toutes sortes, à Cuba et ici, et finalement passé au total cinq ans de mon temps là-bas, sillonnant

L'ile de toute part, en bus, en train, en voiture, et beaucoup à bicyclette.

Il m'est arrivé de servir de guide à des amis qui voulaient connaître la grande Ile.

J'ai aussi appris, dans la rue, l'espagnol de Cuba, et je le baragouine suffisamment bien pour pouvoir comprendre et échanger avec les Cubains.

Bref, Cuba m'a sauvé du désespoir de vivre, et j'ai eu l'impression d'être à nouveau utile à quelque chose dans ce monde sans boussole.

Bien entendu mon respect de ce pays et de ses dirigeants, tant injustement décriés, surtout en France, souvent par des gens d'autant plus péremptoires que totalement incultes sur le sujet m'a valu moqueries, dérision, méchancetés, incompréhensions et quelque fois haine.

C'est ma fierté de n'avoir rien cédé sur l'essentiel, avec les yeux toujours ouverts cependant.

J'ai vécu des moments inoubliables, liés à la musique, du Son à la salsa, en passant par les boléros, la rumba, le cha cha, liés à la joie de vivre, à la lutte du peuple cubain.

La musique, ce fut Pablo Milanes, Eliades Ochoa, Juan Formel et los van van, Compay Segundo, Polo Montanez el guajiro Natural, l'orquestra Aragon, Omara Portuando, Ibrahim Ferrer, Benny Moré, el Barbaro del ritmo, Rita Montaner, et tous les autres que j'oublie et qui sont multiples. Ceux qui aiment la musique latine les reconnaîtront…

J'ai rencontré des gens très cultivés, et des gens au cœur gros comme ça.

J'ai vécu des beaux jours dans « mon » quartier du Vedado à la Havane, élégant, propre, et toujours surprenant et différent et où j'ai adoré vivre.

Je suis aussi resté longtemps à Santiago, la « Tierra Caliente » origine de Cuba, où tout peut arriver. C'est la ville des motos sillonnant dans tous les sens des rues vieilles et étroites. C'est la ville du son, du bruit de la chaleur, de la négritude.

J'ai rencontré partout, dans toutes les villes où j'ai vécu : Santa Clara, Camaguey, Sanctus Spiritus, Cienfuegos la cité française, Trinidad, Guantanamo, Pilon, Moron, Baracoa, Bayamo, Manzanillo, Vinales, un peuple accueillant, gentil, éduqué, chaleureux et joyeux.

J'ai fait à Cuba d'énormes balades à bicyclette, sac au dos. De Santiago à Manzanillo, Pilon et retour, avec des paysages superbes. De la Havane à Puerto Esperanza en passant par Vinales. De Santiago à Baracoa, par Guantanamo, et plein d'autres : prenez une carte et vous verrez.

Cela aussi m'a rappelé la France des années cinquante, où à 15 ans, je partais à vélo pour quinze jours avec un copain.

J'ai noué des liens indissociables avec cette population, je les aime, et ils me le rendent, je crois. Oui, je le crois, les Cubains m'ont guéri du mal de vivre, et ils ne le savent pas. Si le malheur devait venir anéantir ce qu'ils ont eu tant de mal à construire et maintenir, ce malheur viendra de l'étranger, je ne m'en remettrai pas.

J'ai milité à l'Association France Cuba, prenant des responsabilités au fur et à mesure de mon expérience.

Et là-bas, j'ai rencontré une femme qui a accepté de venir vivre en France avec moi.

Il manqua de peu que ce ne fusse le contraire.

Mais la maladie ne me permit pas de m'exiler, et peut-être aussi le goût de mes enfants et petits- enfants, alors.

Les anecdotes sur ma vie là-bas ne manquent pas.

Peut-être un jour quelqu'un voudra bien écrire un recueil entier sur ces anecdotes cubaines.

J'espère, si ma santé me le permet, si la pandémie l'autorise, retourner une dernière fois dans ma seconde patrie, avant de traverser le miroir.

Hasta siempre, Isla mayore !
Ainsi parlait Albert, en 2020

MARIA, UNE VIE CUBAINE
Avant la Révolution

Maria est née en 1943, à Sagua, petite bourgade, à 75 km au nord de Guantanamo. Elle est la cinquième d'une famille de neuf enfants : 3 garçons et 6 filles. Son papa, André, était d'origine indienne et sa maman, Iphigénie, d'origine catalane.

Maria vit aujourd'hui aux confins du Vedado, à la Havane, dans le quartier « 23 y 12 ». Son appartement de 3 pièces est au 1er d'un petit immeuble de trois étages, avec un bon environnement de transports et de ravitaillement : boulangerie, marchés, magasins, petites cafétérias, etc.

Mais avant d'arriver là, à 72 ans aujourd'hui, elle a été actrice et témoin de l'aventure et de l'évolution historique de la plus grande des Îles de la Caraïbe.

Son papa, André était un paysan et un commerçant entreprenant. Au moment où la jeune Maria s'ouvre à la vie, en 1943, son papa est propriétaire d'une finca à Santa Catalina, au nord de Guantanamo, et d'une grande maison dans Guantanamo. La maison de la finca, il l'a construit lui-même dans les années 20, le terrain lui a été donné par son père ; à la finca, où travaillent une quinzaine d'ouvriers, on cultive le tabac, le café, le lin.

On a aussi des bêtes : vaches, moutons et bien sûr on a de la viande, du lait et du fromage : on

ne manque de rien ! D'autant que les produits US manufacturés inondent le marché : voitures, frigo, meubles, conserves etc. Si on a de quoi les acheter bien sûr, et c'est le cas de la famille de Maria. Maria dit de sa maman qu'elle était une paysanne, et qu'elle le resta toute sa vie.
En ville, la famille gère une épicerie, une pharmacie, une boucherie, une laiterie, un bureau de tabac : de la production à la distribution, donc ! C'est une famille aisée dans un environnement capitaliste classique, avec la présence importante de nombreuses entreprises nord-américaines dans la province, et la toute-puissance d'un gouvernement corrompu.

La base navale est déjà là, et le personnel employé à l'époque par les militaires US est nombreux et essentiellement cubain. Il n'y a pas non plus la frontière renforcée comme celle qui existe aujourd'hui et la circulation est libre, depuis et jusqu'à la base.
La famille vit entre les deux maisons, suivant les nécessités ou la saison. On passe la fin de semaine à la campagne. Il y a deux voitures : une grosse jeep pour la campagne et une Ford pour la ville. C'est dans ce contexte que Maria commence sa scolarité, avec une école primaire jusqu'à 14 ans.

Nous sommes alors en, 1958, et Fidel a débarqué dans la sierra Maestria, à environ 250 km de Guantanamo : c'est la Révolution qui est en marche, avec ses combats et la perspective de la prise de pouvoir, et au milieu se trouve une adolescente d'une famille très aisée de la bourgeoisie cubaine.

La révolution et la suite

En 1958, année du grand chambardement, Maria at quinze ans. Autour de Guantanamo, qui est une espèce de cuvette, il y a des montagnes avec une végétation très nourrie.

C'est là, dans ces montagnes que les « fidélistes » se réfugient et s'organisent. Maria me dit que beaucoup de jeunes de Guantanamo ont quitté leur maison pour partir rejoindre les rebelles.
Elle se souvient des petits avions Cessna de l'armée de Batista qui lâchaient des bombes sur les sommets alentours, agissant sur renseignements. En ville, les troupes de Batista et surtout les policiers exerçaient un pouvoir sans partage.

Elle me dit qu'il existait alors un quartier « réservé » où s'exerçait la prostitution, et où venaient de nombreux nord-américains, notamment les militaires de la base.

À l'arrivée des troupes rebelles et à la prise de pouvoir des révolutionnaires, le quartier fût fermé, et les jeunes femmes furent intégrées, vers le havane, dans un programme de recyclage psychologique et professionnel. Elles reçurent une formation, des soins, et des propositions d'emploi. D'après Maria, quelques-unes devinrent même des responsables.

Finalement les troupes rebelles entrent dans Guantanamo le 1er janvier 1959, dans la joie bien sûr. C'étaient d'ailleurs des hommes et des femmes qui revenaient tout simplement chez eux.

Huit mois auparavant, les rebelles avaient demandé au papa de Maria qu'il leur remette sa jeep, dont ils avaient besoin. Contre un reçu en bonne et due forme.

En 1959, son papa récupéra sa jeep en bon état, qui était camouflée chez un paysan. Le nouveau gouvernement lui racheta sa « finca », en le payant avec une pension à vie.

 Il vendit ses magasins à ses frères, et peu à peu, pharmacie, boucherie, épicerie déclinèrent jusqu'à ne plus exister.

Mais son père avait en banque une jolie somme, qui lui procurait des intérêts : il vécut avec cela sans que jamais le nouveau gouvernement ne tente de lui « nationaliser » son argent.

Avec la rente que lui versait l'État il vécut ainsi tranquillement en élevant et aidant les 4 enfants qui restaient dans leur grande maison de Guantanamo, dont Maria. Cette maison existe toujours aujourd'hui et c'est la dernière sœur de Maria qui l'occupe ; Il n'y a donc pas eu de spoliation.

Avec la victoire de la Révolution, s'exerça une épuration dans les rangs de militaires et policiers de Batista, à Guantanamo comme ailleurs.

Maria me dit que parmi les militaires, tous ceux qui n'avaient pas pris une part au combat purent intégrer l'armée révolutionnaire.

Les autres se virent offrirent du travail et ou une formation, avant de retrouver la société civile. Parmi les policiers, ce fut plus délicat, car certains avaient été des tortionnaires, que la population connaissait. L'un d'entre eux avait tué un jeune étudiant en lui enfonçant un clou dans la tête… Il fut condamné à mort.

Maria me dit que la répression n'atteint pas plus d'une dizaine de cas et que tous passèrent en jugement. Il n'y eut qu'une seule peine de mort et des peines de prison. Les autres, s'ils n'avaient pas commis de crime de sang, retournèrent au civil, et quelques-uns, qui avaient aidé peu ou prou les révolutionnaires, furent intégrés dans la nouvelle police nationale révolutionnaire.

Maria, elle fut prise alors dans le grand mouvement d'alphabétisation généralisé qui entraina de profonds changements dans le pays et elle partit de la maison pendant 3 ans pour suivre une école professionnelle, là-bas, à Tarara, près de la Havane.

Ces jeunes gens partirent par dizaines de mille, en camion et en bus, vers la Havane ou vers d'autres grandes villes, apprendre un métier ou

suivre des études universitaires.
Elle me dit qu'ils partirent vraiment dans l'enthousiasme de la jeunesse et, en ce qui la concerne, c'était la jeune Fédération des femmes cubaines qui gérait leurs études.

Elles étaient logées, nourries et vêtues. Maria me dit qu'elle n'a manqué de rien.
Elle resta à Tarara 3 années scolaires, jusqu'en 1963. Les jeunes filles rentraient au pays pour les vacances de Noël, et aux vacances estivales.

Maria se souvient avec enthousiasme de ces années à Tarara, en bord de mer, où des maisons avaient été construites pour elles.
L'école était ouverte aux filles seulement, les garçons se trouvaient dans d'autre provinces.
Le contenu était professionnel (dans son cas : la couture), mais aussi général : littérature, mathématiques, sciences, etc.
Ce sont ces mêmes maisons qui accueillirent, bien plus tard, les familles ukrainienne victimes de Tchernobyl.

C'est en avril 1961 que Maria partit de Guantanamo en bus pour l'école de Tarara, avec des centaines d'autres jeunes filles, constituant une caravane de bus. Elles furent arrêtées en chemin par les militaires de la FAR (Forces armées révolutionnaires) : L'invasion de la baie des Cochons venait de commencer.

Leurs bus furent détournés vers la Havane où les jeunes filles furent logées, pour leur protection, à l'Hôtel National, pendant la semaine que durèrent les combats de la baie. Ensuite seulement, quand les combats cessèrent, et que des centaines de prisonniers envahisseurs furent mis en détention dans les camps, elles purent enfin rejoindre leur école et commencer leurs études

Maria revint en 1963 à Guantanamo, où elle vécut dans la maison familiale. L'État révolutionnaire lui avait donné au moment du départ de l'école son paquetage professionnel : une machine à coudre, du tissu en quantité, du fil en quantité… La révolution soignait sa jeunesse. Maria avait 20 ans. Pendant un an elle fut elle-même enseignante de couture à Guantanamo, c'est ce qu'elle devait à l'État pour ses 3 années » de formation.
Comme elle, des milliers d'étudiants retournèrent dans les campagnes pour alphabétiser. Ils étaient logés chez l'habitant, nourris, soignés et, parait-il, les paysans s'arrachaient ces jeunes gens pour qu'ils viennent vivre chez eux…

Son plus grand frère était parti à Bayamo avec sa femme, où il travaillait dans une scierie.
En 1966, Maria se maria avec un instituteur de Guantanamo, Juan Rafael, ils eurent deux enfants : un garçon né en 1966, Juan Carlos, et une fille Kénia, née en 1967.
Son mari devint par la suite un des dirigeants de l'Éducation à Guantanamo.
Maria me dit qu'à cette époque les produits soviétiques commencèrent à inonder le marché

cubain : lait, beurre, conserves de toutes sortes, et des produits manufacturés comme des téléviseurs, réfrigérateurs, voitures, motos. Maria m'assure que ces produits, qui remplaçaient les produits US, après le blocus, étaient peu chers, que les salaires de l'époque permettaient de vivre bien, et que la vie quotidienne était agréable.

Quant à la base us, les limites furent tracées, et les liaisons routières entre les deux parties furent mises sous surveillance totale, les nord-américains ne traversèrent plus jamais la « frontière » ; des travailleurs cubains étaient amenés à la base par bus chaque jour au matin et ramenés le soir.

Leur nombre était de l'ordre de la centaine. Ils étaient pris en charge à l'intérieur de la base par les militaires US, et travaillaient essentiellement dans les services. Personne de la famille de Maria n'a travaillé à la base : d'après elle, ces travailleurs étaient tous « priétos ou négros » c'est-à-dire de couleur, et elle ne connaissait pas de « blanc » ayant travaillé à la base.

Cette réflexion de Maria m'a laissé perplexe. Il faut préciser que la base n'était pas alors (en 1985) la prison sans droit que les USA créèrent en 2002.
Maria vécut à Guantanamo jusqu'en 1985.

Elle vit avec son mari et ses deux enfants dans la maison familiale, rue Maximo Gomez, dans un bon quartier de Guantanamo, chez son papa et sa maman. Son papa, qui a alors 65 ans ne travaille pas, ni sa maman, un peu plus jeune. La vie s'écoule facilement : ses enfants vont bientôt à l'école, son mari est devenu directeur dans les services régionaux de l'éducation. La révolution poursuit son œuvre en direction des plus pauvres et des femmes : création de multiples crèches gratuites ouvertes jours et nuit pour les petits enfants afin de permettre aux femmes de travailler ou de se former.

Fermeture des pharmacies privées et ouverture des pharmacies d'état, médicaments gratuits, première arrivée des médecins formés par la Révolution, affectés dans les campagnes. (Beaucoup de riches médecins étaient partis vers Miami à la Révolution), continuation de l'œuvre d'alphabétisation. Maria fait remarquer qu'une des premières mesures des révolutionnaires a été de supprimer les petits cireurs de souliers qui pullulaient dans les rues et de les envoyer dans des écoles professionnelles.

Maria n'est pas une révolutionnaire, et n'appartient pas au parti communiste. Elle défend cependant l'œuvre éducationnelle et sociale de la Révolution et reconnait tout le bienfait des avancées sociales pour tous. En revanche, son mari, Juan Rafael, est un militant, il a fait partie des CdR, puis devint membre du P C C en 1969, et a en 1985 été intégré au ministère de l'intérieur.

Le mari de Maria gagne à cette époque 400 pesos cubains par mois. Il n'y a qu'une seule monnaie, et la valeur du peso est alors à hauteur du dollar. Ils vivent bien avec cela, d'autant qu'ils ne paient pas de loyer.

Maria, qui ne travaille pas mais « tient » son ménage, joue à la loterie (bola). Et elle gagne ! Elle dit qu'elle est née sous le signe de la chance qui l'a suivie toute sa vie. Son beau-père tombe gravement malade : il faut l'envoyer à la Havane pour le soigner du cancer (dont il guérira) : Maria l'accompagne et s'occupe de lui pendant toute sa maladie.

Au retour, son beau-père veut absolument les aider, (Il avait de l'argent car avant la révolution il avait été responsable d'un des grandes usines de cannes à sucre tenue par les entreprises nord-américaines, en tant que directeur, il avait bien gagné sa vie …)

Bref, il fait un don d'importance, et le couple achète une maison à eux à Guantanamo, (pas très loin de chez les parents, rue José Antonio Sacco) d'une valeur, à l'époque de 16 000 pesos. Bien que l'achat et la vente des biens immobiliers aient été interdits par le nouveau régime socialiste, Ils passent à travers grâce à un avocat qui leur procure les titres de propriété…

Voilà donc le couple installé dans sa propre maison avec leurs deux enfants, qui suivent tous les grades de leur scolarité, jusqu'au pré-

universitaire.

En 1982, on fête les quinze ans de leur fille qui est devenue absolument splendide, sur laquelle tous les hommes se retournent dans la rue. (J'ai vu la photo de ses quinze ans : une vraie star !)

On vit bien, les produits ne sont pas chers, on va au restaurant, au ciné (il y en a de nombreux), il existe ce que les cubains appellent des clubs, c'est-à-dire des lieux de réunion, il y a des cabarets, une vie nocturne en fin de semaine. Pas d'étrangers (les soviétiques sont à la Havane) et pas de touristes…

Durant ces années, (de 1968 à 1986), Guantanamo, comme toutes les provinces orientales, subit l'exode rural : tout le monde veut aller à la Havane… et c'est ce qui se passe avec les frères et sœurs de Maria, qui, pendant ce laps de temps, vont tous se retrouver à la Havane. D'abord Isidore Silverto, chauffeur qui a aujourd'hui 80 ans, et puis Felix, militaire, (a fait la guerre en Angola), puis dirigeant de fabrique, aujourd'hui 74 ans. Ensuite toutes les autres sœurs : Sarah, Elsa, Nuira, Eudoxia, et le dernier petit frère, Juan Bautista, aujourd'hui 60 ans, tout ce monde a émigré vers la Havane, trois des six filles se sont mariées à des militaires, une est devenue coiffeuse.

Celle qui qui est restée à Guantanamo est Anna Eria, qui est décédée l'année dernière et qui aurait eu 77 ans : elle a travaillé à la construction du grand hôpital de Guantanamo, et l'État lui a attribué une pension à vie après moins de deux ans de travail, en tant que femme seule.

Maria m'a raconté que son père était mort d'une attaque cardiaque en 1976, dans des circonstances particulières : son papa a été « braqué » dans sa maison par 3 bandits pour lui voler son argent (il avait la réputation d'être riche) qui finalement sont partis avec presque rien. Mais cela a déclenché une réaction cardiaque et au retour de sa sœur et de sa femme à la maison, elles ont dû l'emmener à l'hôpital où il mourut dans la nuit, il devait avoir 73 ans. Le mari de Maria, Juan Raphael, montait en grade dans les instances du ministère de l'Éducation et aussi en tant que responsable politique.

Fin 1986, Juan Raphael a rejoint sa femme, au n°1011 de la calle 19 dans le Vedado, qui est donc l'appartement où vit toujours Maria. Juan Rafael a obtenu, des instances du pouvoir régional populaire, sa mutation vers la Havane ainsi qu'un poste de responsabilité.

Ceci se passait à 4 ans de la « chute du camp socialiste », et du changement profond des conditions de vie des cubains.

Migration vers la Havane, chute du camp socialiste

Maria s'installe donc à la Havane en 1985 et soigne sa tante par alliance qui est très malade et presque impotente. La vie havanaise lui plait beaucoup. Son mari la rejoindra un an plus tard et est nommé directeur de l'école de sport « Martyrs de los barbados ». C'est un poste de haute responsabilité.

Elle dit que son mari et elle formaient un bon couple, qu'il était un mari très intentionné, qu'il l'emmenait en vacances, qui ne faisait rien sans elle. Bref, un mari idéal. Sa mère et sa fille viennent à leur tour s'installer à la Havane. Elle me décrit une vie où tout se passe bien, où on loue souvent une maison entière vers les plages de l'est, maison totalement équipée que l'état cubain réserve à ses cadres méritants. La famille ainsi passe des vacances en bord de mer. En 1986 leur fils les rejoint : il faisait des études d'avocat, mais il a laissé une jeune fille enceinte derrière lui à Guantanamo : il repart donc rejoindre la jeune femme qui accouche d'une petite fille en 1987 : Yorjindra. Mais le jeune couple bat de l'aile et finalement le fiston prend sa fille sous le bras et vient vivre chez ses parents à la Havane en 1989. La petite a deux ans et Maria entame une seconde carrière de maman, car c'est elle qui élèvera sa petite fille, sa mère restant à Guantanamo où parait-il, elle mène une vie assez volage… Une vraie « novela » !

L'époux de Maria n'a pas de voiture, il circule à bicyclette dans les rues de la Havane, mais pour aller et revenir du travail, assez loin dans la banlieue, il profite des transports d'entreprise, gratuits.

« La chute du camp socialiste » comme on dit ici, intervient brusquement au milieu de 1990, et il n'y a pas beaucoup de temps pour se préparer à la rupture définitive des produits venant essentiellement de l'Urss, l'ivrogne de Moscou étant pressé d'en finir.

S'ajoute alors le renforcement de l'embargo, et tout est dit. Plus d'essence, plus de pétrole, plus de produits alimentaires pour les troupeaux (le cheptel souffre beaucoup), et, raconte Maria, il y a eu également un attentat contre les élevages de porcs qui ont été volontairement empoisonnés, et pendant un an la production de porcs disparait. Bien des magasins restent vides pendant très longtemps (produits manufacturés, chaussures, vêtements, appareils ménagers etc.). La vie s'organise différemment, on regroupe les temps de travail pour économiser l'essence, il y a eu de longues coupures d'électricité, organisées par quartier, par période, pour économiser l'énergie produite à base de pétrole. Les transports étaient difficiles, les bus tombaient en panne et plus de pièces détachées pour réparer etc. Malgré tout, Maria me dit que tous les salaires et pensions ont été intégralement maintenus, mais le peso subit une grave dévaluation, d'environ 20 fois sa valeur, passant de 1 pour 1, 1 pour 10 et au final à 1 pour 20. Bref une

« *période spéciale* » *en tant de paix*, a décrété Fidel.

Maria est catholique pratiquante et le dimanche elle va à l'église. Mais ne lui dites pas du mal de Fidel : c'est son autre dieu !

Sur la période spéciale, elle me dit que c'est Fidel qui a sauvé le pays, a tout réorganisé, protégeant les enfants et les personnes âgées de toute famine et pourvoyant à l'essentiel de leurs besoins.

C'est lui qui a institué le carnet d'alimentation définissant le minimum par famille : il y a eu alors un immense recensement où les services de l'État passaient dans chaque maison, appartement, lieu d'habitation collectif pour élaborer la libreta, comprenant tous les membres de la famille. Pour plaisanter, Maria me dit que certains ont même déclaré leur chien, sous le nom de Pédrito…

Maria est persuadée que sans Fidel, tout se serait écroulé. La très dure réalité a bien duré une dizaine d'années. Certains ont choisi de partir. Dans la famille, apparemment, ce ne fut pas le cas.

La vie continuait, avec beaucoup de solidarité dans les quartiers, et malgré tout, une certaine forme de bonne humeur devant l'adversité.

En 1993, la tante meurt et le couple hérite de l'appartement où elle vivait. Ils vendent en 1996 leur maison de Guantanamo, pour la modique somme de 18000 pesos, soit environ 1000 dollars de l'époque, mais cela les aide quand même à faire vivre toute la famille. En l'an 2000, dix ans après la chute de l'Urss, Cuba était toujours debout, contre toutes les prédictions.

La période contemporaine

À partir de 1995, Cuba s'ouvre vraiment au tourisme. Et après des débuts difficiles, avec une incontestable perte de contrôle de certaines valeurs, l'existence pendant un ou deux ans de nombreux jinoteros et jinoteras, et la fuite d'un nombre non négligeable de certains cubains vers des régions jugées plus économiquement valorisantes, les choses se sont stabilisées. Les Cubains ont appris à gérer et à profiter de la manne touristique. Maria dit que le gouvernement prête beaucoup d'attention à la sécurité des étrangers (elle ne dit pas « touriste »)

J'ai été victime d'un petit vol et j'en fait part à Maria : elle tient à me dire, furieuse et embêtée : « *tu sais, oui il y a des jinoteros, mais il ne faut pas oublier que nous sommes le seul pays au monde à assurer la médecine et l'éducation gratuites à tous nos citoyens.* » Elle reste debout et fière de son pays. Elle a 73 ans. La vie a continué donc, sa petite fille a créé chez elle un salon de coiffure, qu'elle a exploité pendant quatre ans de 2010 à 2013. Maria participait à la tenue du salon, qui était installé dans la pièce principale de l'appartement, avec tout le matériel nécessaire.

Il reste au mur des grandes photos de sa petite fille comme modèle de coiffure. Sa petite fille a 28 ans. En 2014, elle est partie (légalement) aux USA, à Las Vegas rejoindre un de ses cousins. Là-bas, elle est salariée dans un salon de coiffure. C'est dur, dit-elle, mais elle met de l'argent de côté.

Maria est persuadée qu'elle reviendra, d'autant que les derniers développements diplomatiques devraient faciliter ce genre d'aller-retour. Elle téléphone souvent à sa grand-mère qui l'a élevée.

Le mari de Maria est mort en 2011, victime d'une crise cardiaque à l'âge de 68 ans : il venait de prendre sa retraite, il avait prolongé son temps de travail dans son métier de cadre de l'Éducation, où il s'épanouissait.

Dans les années 2000 et suivantes, le niveau de vie des Cubains s'est lentement amélioré, sans retrouver cependant le niveau des années 80, le blocus étant toujours prégnant.

Cependant avec l'appui du pays ami, le Venezuela l'économie cubaine a repris du souffle. Le retrait de Fidel en 2006 ne fait pas l'objet de commentaire de la part de Maria : il reste son grand homme. La libreta existe toujours, bien que moins importante dans la vie quotidienne : ce n'est plus un instrument de survie.

Maria, très lucide politiquement, convient que la réouverture des relations diplomatiques est une bonne chose, mais que rien n'avancera tant que subsistera le blocus, car pour elle, c'est un marché de 300 millions de personnes qui s'ouvrirait aux produits cubains…

Maria vit donc seule maintenant dans ce grand appartement. Elle me dit toucher une pension de 300 pesos, ce qui est peu. Mais ses enfants l'aident beaucoup. D'abord sa fille Kénia, qui a 49 ans, qui tient aussi un salon de coiffure, elle aussi pas très loin de chez Maria, à deux blocs. Son compagnon, Miguel, est cadre au service de la Douane.

Son fils aussi, Juan Carlos, 50 ans, est également cadre dans les services douaniers (avec uniforme et tout…) Il a refait sa vie, et vit dans un quartier plus éloigné, à l'est de la Havane.

Maria a donc deux autres petits-enfants. Elle a aussi tous ses frères et sœurs vivant à la Havane. Sauf une, la dernière, 60 ans qui est retournée vivre sa vie à Guantanamo, dans la maison paternelle, rue Maximo Gomez.

Maria retourne deux ou trois fois l'an en visite à Guantanamo : on l'emmène à l'aéroport, où on vient la chercher (coût de l'avion 100 pesos, 4 euros) Là-bas elle est accueillie comme l'enfant prodigue, elle visite ses parentés et ses amis, et n'a que le choix de l'habitat.

Dans le quartier du Vedado au coin de la 12 et la 19, près du célèbre cimetière de Colon donc, où elle vit depuis 30 ans, Maria est évidemment connue comme le loup blanc, d'autant qu'il lui est resté un fond espiègle assez développé.

Elle a de longs échanges avec son perroquet, lui-même beau parleur… Il ne se passe pas un jour sans que Maria ne reçoive une, deux, trois visites d'amis du quartier. Ce quartier très vivant, où il y a deux grands parcs bien sympathiques, dont celui où trône la statue de John Lennon, et où le soir, tournent les accrocs du footing.

À six blocs de là, dans la rue 17, à hauteur du Paseo il y a le grand centre cardio-vasculaire, et un joli petit hôtel de 30 chambres « le paseo habana ». Là, l'État vient d'ouvrir un de ces nouveaux point wifi, et les jeunes et les moins jeunes s'assoient sur les bordures des murs et des trottoirs pour capter internet, téléphoner en vidéo dans le monde entier et à Cuba, et on se montre la famille, l'amie, le nouveau-né…, là en pleine rue. Signe des temps. Maria m'a confié qu'elle était heureuse ici, malgré le « départ » encore récent de son mari. Elle est bien entourée et a le sentiment d'avoir bien rempli sa vie.

Avant que je reparte, elle veut que je l'emmène dans les jardins de l'Hôtel National, où, il y a plus de 50 ans, elle a vécu une semaine, protégée par les « barbudos ». Nous irons la semaine prochaine.

La Havane, novembre 2015.

SAISON 11.

Luttes syndicales

Albert pendant 30 ans fut un syndicaliste convaincu. Avec les multiples luttes, qui constituèrent une grande partie de sa vie.

Il essaie ici d'en résumer quelques moments.

« Syndicat », C'est un mot à la valeur dégradée aujourd'hui.

Et pourtant !

De 1967 à 1997, Albert a été un syndicaliste, d'abord simple militant, et ensuite très rapidement avec des responsabilités. A la CGT.

L'épisode de 1968 a été son entrée sur le terrain, pour une partie de 30 ans. Voici comment il raconte cet engagement de sa vie.

« Mon père était militant syndical et politique. Il a lutté toute sa vie à travers la fédération des charpentiers du Rhône de la CGT, partie prenante de la fédération du bâtiment. Il est devenu conseiller prud'hommes sur la fin de son engagement. A la fédération du bâtiment

CGT, il y avait une certaine tradition anarcho-syndicaliste, qui ne s'embêtait pas trop avec certaines lois capitalistes… Se battre contre les flics qui venaient briser les grèves sur les chantiers était chose courante, et quelquefois les moellons volaient bas.

Bref, je crois que j'ai tenu de lui mon engagement syndical, anarcho-syndicaliste « suave », comme disent les Cubains.

Pour mettre les choses au net, je n'ai jamais été un permanent syndical, comme il en existe, nécessairement. J'ai toujours concilié travail et action syndicale. Ce qui me permettait sans doute d'être au fait des problèmes.

Le syndicalisme d'une entreprise comme l'AFPA où je travaillais, a quelque chose de particulier. Les établissements étaient répandus sur tout le territoire, et la première chose à réaliser étaient les liaisons entre les sections syndicales des différents centres.

Nous nous sommes organisés en région et je fus rapidement le responsable régional du centre est. D'où d'innombrables déplacements dans les centres de la région : St Etienne, Roanne, Valence, Dijon, Montceau les mines, le

Creusot, Annecy Poisy, Chambéry, Nevers, Migennes, Saint-Flour, le Puy,. Et les 3 centres de Lyon…On partait à deux ou trois le matin vers 7 heures, on était en réunion de 9 heures à 17 heures et retour au bercail vers 20 heures: épuisant au rythme de deux fois minimum par mois. Et reprise du boulot le lendemain matin.

Pour faire le plein, j'exerçais des responsabilités au sein du Bureau de notre syndicat national (1200 adhérents dans les années 80): là c'était départ à minuit à Perrache, arrivée à 7h à gare de Lyon, douche gare de Lyon, réunion de 9h à 17 heures à Montreuil, retour à Lyon, train de 17H25, arrivée à minuit… Donc 24 heures pleines en déplacement. Une fois par mois minimum.

Ensuite s'ajoutaient les déplacements pour les réunions du comité central d'entreprise : là c'était plus cool, car c'est la boîte qui payait : nuit d'hôtel, repas, voyage 1ere. Mais fallait quand même faire deux jours de travail en plus….

Formidable dépense d'énergie durant des dizaines d'années, au service, tout au moins en étions-nous persuadés, des salariés de la boîte. Bénévoles et invisibles. On ne passait pas à la télé, il n'y avait d'ordinateurs, ni de téléphone portables … Tout « fait main », en quelque sorte…

J'ai toujours tenu mon poste d'enseignant à plein temps. Et j'étais de ceux qui pensaient qu'un bon militant est d'abord un bon professionnel. Et c'était le cas de la plupart d'entre eux, à quelques exceptions près, notamment avec le « militantisme » de carrière qui a fleuri après mai 1968, surtout dans les rangs de la CFDT, où « militer » servait à conduire à des postes de responsabilité dans un projet de carrière. J'ai bien connu quelques-uns de ces arrivistes du syndicalisme, dont un qui devint même le Directeur de l'AFPA, calife à la place du calife donc !

A côté des réunions de préparation, des rédactions de tract, des voyages à Montreuil au syndicat national « 24 heures du syndicat », les réunions régionales, la préparation des grèves, les contacts souvent pas faciles avec les responsables des autres syndicats, il y avait les réunions avec la direction, sur toute sortes de sujets.

Des cas individuels d'injustice, des manquements aux règlements de la part des hiérarchiques, des revendications salariales, des luttes contre les licenciements (en 1971, 150 salariés furent licenciés), de la défense du service public qu'était notre entreprise et que certains voulaient rageusement livrer au privé, des attaques au droit syndical de certains potentats locaux qui confondaient rôle de direction et comportement monarchiste, les grèves , leur organisation, leur contrôle, les montées sur Montreuil, pour occuper le siège de l'AFPA ou le ministère du travail à paris, etc. etc.

Il y eut des centaines de causes à défendre, au quotidien.

Et sur la région, nous n'étions pas gâtés à la CGT. Le directeur régional de l'afpa, était un ancien syndicaliste qui avait créé la CFDT, et il était animé d'un profond anti-cégétisme, il traitait notre syndicat de « Soviet », il refusait systématiquement de nous répondre, manœuvrait en permanence, usait de procédés dilatoires, en résumé il ne nous aimait pas, et même nous exécrait comme le diable que nous représentions à ses yeux.

Pour l'anecdote, sa propre secrétaire directe, à la suite d'un différent, adhéra à notre section syndicale : elle dut changer d'établissement.

Mais elle nous révéla les coulisses: L'homme en question, lorsqu'il était obligé de recevoir notre délégation syndicale, devenait, selon elle, extrêmement fébrile, nerveux, harcelait la secrétaire pour qu'elle lui prépare les dossiers, et lui indiquait qu'il allait recevoir le « soviet suprême », Bref, il avait la trouille ! comme cela nous faisait du bien de l'entendre dire, et nous faisait rire, car l'humour n'a jamais été absent de nos actions.

Il est difficile de décrire ces combats quotidiens, une réalité de 30 années de bagarres grandes et petites, et aussi le poids des angoisses que porte un responsable syndical ; quelquefois au détriment de sa santé et de sa résistance, et sans parler de harcèlement, on peut évoquer une pression constante, durant des années….

Mais aussi la récompense de quelques victoires, la reconnaissance de beaucoup de collègues, et les yeux souriants et bienveillants des camarades au retour d'action, qui semblaient satisfaits de nous avoir fait confiance. »

Le Progrès de Lyon 12/03/1970
(archives personnelles)

Centre de formation professionnelle des adultes : GRÈVE ILLIMITÉE

...pour protester contre le licenciement de 158 agents et la fermeture de 110 sections

Depuis le 10 mars, le personnel de chacun des centres de l'Association nationale pour la formation professionnelle des adultes (A.F.P.A.) a librement décidé la grève illimitée.

Les responsables des organisations syndicales C.G.T., C.F.D.T., F.O. et C.G.C. se sont réunis mercredi à la bourse du travail où ils ont tenu une conférence de presse pour exposer les raisons de cette grève. Les représentants des unions départementales C.G.T. et C.F.D.T. participaient à cette réunion.

Ils ont rappelé tout d'abord que l'A.F.P.A., fondée par le ministère du Travail, s'est développée en 1945. Cette association paritaire est gérée par des représentants de l'administration avec l'aide des représentants des organisations patronales et ouvrières. Il existe 135 centres, avec 2 300 sections de formation professionnelle. 190 métiers sont enseignés dans ces établissements où il y avait 85 000 élèves en 1969. Les qualifications acquises en fin de stage vont du niveau de l'ouvrier professionnel de première catégorie à celui de technicien supérieur. Il s'agit d'une expérience sociale et économique fort originale.

Les méthodes appliquées par l'A.F.P.A. ont été adoptées par plusieurs pays de l'Europe.

Or, pour cette année, le budget a diminué de 7,04 %. Les crédits d'investissements vont subir une réduction de 42 %.

Le budget national est voté chaque année en décembre. L'A.F.P.A. reçoit quelque six mois plus tard les crédits qui lui sont versés par le ministère des Finances.

En revanche, les centres conventionnés créés par les entreprises n'attendent pas longtemps les subventions qui leur sont accordées... En novembre 1969, les entreprises avaient signé 455 conventions pour des centres privés où se trouvaient 170 000 stagiaires. Mais dans ces centres conventionnés, la durée d'un stage de formation est de 120 heures au lieu de 1 100 heures dans les établissements de l'A.F.P.A.

Quel est le degré de qualification qui peut être obtenu pour des stages aussi courts ? Les représentants des syndicats C.G.T., C.F.D.T., F.O. et C.G.C. estiment que l'A.F.P.A. est devenue un organisme au service du patronat et va disparaître, tôt ou tard.

« Pour le gouvernement, le financement de la formation en centres d'entreprises ou inter-entreprises constitue une opération éminemment rentable : l'État est dégagé partiellement des frais d'installations et de fonctionnement, du souci de recruter, puis de placer les stagiaires et de la préoccupation de l'actualisation de l'enseignement dispensé. Quant à la rapidité et à l'opportunité des interventions les employeurs en prennent la responsabilité... »

Cent cinquante-huit agents de l'A.F.P.A. sont licenciés et l'on approuve la fermeture de cent dix sections.

« En fait de négociations, on continue à ne tenir aucun compte des organisations syndicales. »

Les quatre syndicats s'opposent donc au licenciement du personnel et à la fermeture des centres et sections de l'A.F.P.A. à une époque où l'on se plaint justement de la pénurie de la main-d'œuvre qualifiée.

Le comité intersyndical régional de l'Agence pour l'emploi approuve le mouvement de grève illimitée décidée par le personnel de l'A.F.P.A. qui demande la sécurité de l'emploi.

EPILOGUE

Dernière bataille

En 2020, Albert avait écrit au ministre à propos de la vaccination pour tous, et il se confina dans son petit appartement de Villeurbanne.

Depuis un mois, il avait pris peur, car il réunissait toutes les conditions : vieux, cardiaque, diabétique, surpoids, intestin sectionné, il cochait toutes les cases.

Après sa dernière sortie, il s'était inscrit à un service de portage de repas, et commandait le reste de ce qui était nécessaire par internet.

Il ne voyait plus personne, sauf le livreur de repas, pendant désormais 2021, la maladie l'a frappé durement deux fois, il a lutté pour survivre les deux fois…maintenant il est souvent cloué chez lui. En 2022, il y eut des élections, puis la guerre en Ukraine. Il regarde désormais tout cela avec
plus de détachement, supportant de plus en plus mal les énormités médiatiques télévisées.

Il lit et relit, sans jamais se lasser d'aucun livre
C'est son carburant ultime.

Il se bat médicalement pour continuer le plus longtemps possible, même handicapé, et assurer une aide à sa compagne, qui le lui rend bien dans ces moments difficiles.

Et pour partager ses dernières années avec sa fille retrouvée. Seuls ceux qui luttent restent vivants se remémore-t-il.

Albert attend, un peu apaisé, dans le brouhaha des nuits sans sommeil, le moment de traverser le miroir.

Fin

Remerciements

A ma fille Cécile, pour son approbation

A Danielle qui a relu, donné des perspectives et des idées,

A Gérard, qui a encouragé et expertisé en matière guadeloupéenne

A Jean-Louis qui a relu et commenté,

A Michèle qui a relu et corrigé

Sans elles et eux, je n'aurais pas osé éditer.

Sur l'auteur

Né en 1939 dans le quartier pauvre Charpennes-Tonkin de Villeurbanne, l'auteur a écrit, des carnets intimes, des récits de ses voyages, l'histoire de sa famille, et a publié un petit livre « Vaccin » aux éditions Baudelaire.

Il a été témoin et souvent acteur, de l'immédiat après-guerre, de l'arrivée de De Gaulle au pouvoir en 1958, de la guerre en Algérie de 1960 à 1962, de Mai 68, de mai 81.

Il a passé des années à Paris, en Algérie, en Guadeloupe, en Martinique, à Cuba, et même quelques mois à San Francisco. Il a consacré sa vie professionnelle à la pédagogie pour adultes.

Et est revenu vivre à Villeurbanne, cité culturelle.

Ces 11 récits son inspirés de sa propre expérience